喚醒你的日文語感！

こまかい日本語のニュアンスをうまく起こさせる！

唤醒你的日文語感！

こまかい**日本語**のニュアンスをうまく起こさせる！

全日語
商務出差
應急手冊

日本差旅必備寶典

GET ゲット！

作 者 樂大維　　　總編審 王世和

IRT 語言測驗中心
Language Testing Center

貝塔語言出版
Beta Multimedia Publishing

教授導讀

　　職場上的人際關係不是一件容易的事，當有任務在身，立場、想法、利益考量與他人有所落差時，如何才能說服對方，怎樣才可以異中求同進而創造雙贏，都是令人頭痛的問題。尤其是，如果對象是外國人，而場景又是我們不熟悉的他鄉異地時，除了原本的難點外，再加上國情、風俗、習慣、語言不同的隔閡，其困難度及挑戰度自然不在話下。對許多人而言海外出差是件苦差事，總覺得與客戶的每次互動都可能直接或間接影響對方的決定。不過，其實也不必過度擔心，凡事只要事先對狀況有所掌握並沙盤演練，臨場就不會手忙腳亂，腦筋一片空白。

　　赴日出差時，「全日語系列」的《全日語商務出差應急手冊》就是陪伴讀者們面對挑戰的最佳夥伴。本書為作者樂大維老師廣泛收集資訊後精心構思的結晶。熟讀此書不但能說一口適當得宜的日語，更可以輕鬆應付各種情境，並為雙方的工作溝通帶來正面影響。

　　本書由【實戰 1 行前聯絡‧事先準備】、【實戰 2 抵達日本‧拜會客戶】、【實戰 3 迎接挑戰‧完成任務】、【實戰 4 溝通談判‧表達意見】、【實戰 5 應酬閒聊‧提升好感】等五個「實戰」場景，以及一個在台灣迎接日本朋友來訪的【番外篇：接待來台出差的日本同事】所構成。每個「實戰」單元下分五個環節，除【番外篇】外共分二十五個小話題。從出發前的聯繫，到完成任務後的餐會閒聊，內容包含赴日出差時可能出現的大小場面，以及所需之日語說法。

整體而言，【實戰 1】與【實戰 2】屬於建立關係的初步接觸，「好的開始是成功的一半」，如何留下良好第一印象是與人相處的重要課題，以外國人為對象且在短時間內必須達成重要任務的海外出差更是如此。理解雙方的差異性並「入境隨俗」可減少異文化間的摩擦，進而強化彼此的認同感。「一回生、二回熟」，若能在初期即建立友好氣氛，就比較能順利地進入【實戰 3】、【實戰 4】實際的溝通階段。【實戰 3】包括工廠、商展、簡報、協商等商務情境，而【實戰 4】介紹了各種溝通技巧的實用說法，如贊成反對、致謝道歉、建議暫緩、提案請求等。事先熟讀書中內容，當需要表達意見時，自然而然地就能順口說出言簡意賅且符合禮儀的日語。【實戰 5】及【番外篇】則著眼於會後的人際關係，日語中有一句話道「**終わりよければすべてよし**」（有好的結束，一切就很好）和中文的「好聚不如好散」都是類似的概念，套用在海外出差這件事來看，姑且不論過程如何、任務是否達成，如果會後仍維持和睦關係，不但能為差旅劃上完美句點，還能為往後的商務往來鋪下平坦大道。

　　綜合上述所言，本書涵蓋所有的重要環節，整體「架構完整、鉅細靡遺」，這就是本書的第一個特色。「化繁為簡、貼近實境」則是另一大特色。書中除了學習前的〔掌握敬語〕、〔字彙預習〕、〔句型預習〕以及學習後的〔日文解碼〕、〔關鍵助詞〕、〔即席翻譯〕、〔有話直說〕外，更透過「※」（文法概說）、「替」（替換語彙或語句）、「出差一點通」（日系職場常識）以及「圖示‧表格」（歸納整理）等，即時給予切中要點的輔助說明。樂老師秉持其一貫風格，以深入淺出為原則，將複雜的語法、文化等化為簡單的符號及訊息，藉由提醒、解說、列表等形式，幫助學習者用輕鬆的方式吸收艱澀內容。

另外特別值得一提的是【實戰 4】的〔緩衝語句〕──這種說法以中文而言看似多餘，但卻可避免因過於直截了當而使聽者產生負面感受，是日本社會不可或缺的語言潤滑劑。閱讀本書，讀者們除了能習得道地的日語、貫通難懂的文法概念，同時更有助理解台日間隱藏於語言背後的文化差異。

　　「架構完整、鉅細靡遺」需要所謂的鉅視與微視能力，才能兼顧鳥瞰及細部考量；「化繁為簡、貼近實境」則仰賴清晰的歸納能力與高度敏銳的觀察力。這兩大特色就是樂老師為人處世及做學問的基本態度，也反映在「全日語系列」書籍裡。坊間專為某種特殊需求量身訂做的日語學習書籍雖不在少數，但是能同時發揮多種功效的並不多見。相信樂老師嘔心瀝血編著的本系列書籍對日語學習者有無限助益，也希望此書能陪伴即將赴日出差的國人，減緩出差前的不安，精進臨場時的應變能力，最後不負所託、完成使命。

東吳大學外國語文學院日本語文學系　系主任

王世和

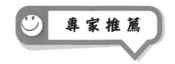

專家推薦

　　拜讀完樂大維老師的《全日語商務出差應急手冊》後，最直接的感想是，非常道地的一本日語出差會話書。經常到日本出差的我，對於作者列舉的各種場面，猶如自身經歷般，覺得非常親切與熟悉。這和坊間某些日語學習用書，只會紙上談兵而脫離現實的寫法，有如天壤之別。依我個人的經驗，日本人是很重視情誼的民族，若能應對進退得宜，不僅能商談成功還能結識不少好友。而關於這方面的文法與實例，本書也有精闢且深入淺出的解說。

　　其實日文的程度高低，從是否能靈活應用敬語，就可大致看出端倪。我記得曾經有日本客戶私下表示，和台灣某位同業談話或收到對方的郵件，都會有一股莫名的不快。我想之所以會引起不快，應該是表達上疏忽了日本人最在意的主客或上下關係吧！然而對赴日出差的商務人士而言，這部分的熟習尤其重要。

　　出差時須注意的禮數頗多，從行前確認、依約到訪、商談重點、後續溝通到成約後的履行等，每個環節都有馬虎不得的地方。而可喜的是，本書在各個環節上都有貼近實境的會話例句可供演練。舉例來說，目前日本有不少公司行號勵行人事精簡，因此在各樓層入口或以往的櫃台設置各科處的內線電話，訪客必須直接撥打約定面談者的內線電話，由對方出來迎接才能入內。除此之外，和日本客戶交流，還必須留意他們說的是「社交辞令」（場面話）或「本音」（真心話）。如果誤將場面話信以為真，就糗大了！

記得有一次，我到非常熟識且私交極佳的日本客戶公司拜訪，行前已告知當晚無法參與他們的餐敘。但當天正事談完欲告辭時，該社的部長又極力邀約共餐，甚至連公司會長都下來遊說。我心想，如此盛情若不應允豈不失禮？但是到餐館之後，才知道那位熱情邀約的部長其實早已有飯局了！這個經驗讓我徹底領教到日本人的社交辭令多麼令人難以捉摸啊！

　　順帶一提，日本的地鐵非常發達，除非行程有所延誤必須改搭計程車外，地鐵是出差者每天的交通工具。我通常帶一張 PASMO 卡（功能同 Suica 卡），抵日當天先加值兩千日圓，不足時再 charge 就好，不用一一事先購買車票，相當方便。此外，商務拜訪時伴手禮是不可或缺的。日本客戶最喜愛的伴手禮，前三名是烏龍茶、烏魚子和鳳梨酥。拜訪初識的客戶，基本上鳳梨酥就很討喜了。不過，對於合作較久的老客戶或好友，送茶葉或烏魚子則會令他們大為開心！

　　以上的經驗分享，希望能有一丁點的參考價值。但最值得作為指南的還是樂大維老師的這本《全日語商務出差應急手冊》，我深信所有即將前往日本出差的人，若能熟讀此書，一定無往不利！

版權代理公司京王文化　總經理

李玉瓊

作者自序

　　到日本出差的目的五花八門，拜訪客戶、教育訓練、隨行翻譯、巡店開會、參加展覽等都是常見的任務。唯有事先的周全準備，才能擁有一路順暢的完美差旅。

　　市面上商務日語會話學習書眾多，有些書是日籍老師分享自己過去在職場上所累積的經驗，但未必能從台灣人的角度發現語言使用的難點所在；有些書大範圍地介紹辦公室日語，然而針對出差情境卻涉獵甚少。有鑑於此，筆者將重點鎖定於「出差」，深入文化、電子、科技、健康及新能源等業界，實際了解需求後編寫出本書，期盼能提供在日系職場上的各位讀者，於臨場急需的狀況下一本效率最高、應用性最強的「對策」。

　　「敬語」可說是商務日語的靈魂，即便是日本人，拙於使用敬語者也大有人在。透過本書，學習者在掌握「です・ます」型的客氣說法後，還要進一步熟練最高層次的敬語，達到流利自如的境界。除此之外，能以精準的日語交談固然重要，但是否能融入日本商界文化更為關鍵！因此，筆者也整理出身處日系職場不可不知的應對禮儀和常識，並融入赴日出差經驗豐富的專業人士所提出之中肯建議，讓各位少走冤枉路、多點安心。

　　最後，在此特別感謝林子超先生、賴奕均先生、楊書翔先生、許少銘小姐、李玉瓊小姐、姜梓琪小姐、深松浩子小姐、上山匠先生、金井康平先生等多位專業人士的鼎力相助。

目次

使用說明

🔖 **價格協商** ◎ MP3 **107** —— ❶

A：この単価(たんか)ですと、ちょっと厳(きび)しいですね。

B：ご希望額(きぼうがく)はおいくらですか。

A：５００円(えん)ではいかがでしょうか。

B：<u>問題(もんだい)</u>※ありません。

　　🔁 では、検討(けんとう)させていただきます（那麼，容許我方再考慮考慮）　❷

　　🔁 少々(しょうしょう)難(むずか)しいですね（有點為難）

A：這個單價，有點讓人難以接受。

B：您所希望的價格是多少？　　　　　　　　　❸

A：500 日圓您覺得如何？

❹　B：沒問題。

※「問題(もんだい)ありません」可視為一個詞彙，因此「問題」後不加「は」、「が」等助詞。

---

❶ MP3 音軌編號。可依此序號選取不同段落，聆聽日籍配音員的正確示範。

❷ 由句中套色部分，所衍生出的替換說法。若兩句意思相同，則省略中譯。

❸ 中文翻譯。其中「／」表示「或者」、「（ ）」表示「可省略」、「〔 　〕」為使用情境說明。

❹「※」為針對某些文法、語彙等的特別註解或小叮嚀。

　「◎」為針對某些場景之補充說明，如 1-2 接到出差指令的前言部分。

● MP3 第 184 軌收錄例句內容依序請見下列各頁之「出差一點通」：
29 頁、39 頁、48 頁、86 頁、113 頁、157 頁、181 頁、191 頁、
195 頁、197 頁、205 頁。

● 由於正統的日語標點符號中並沒有「問號：？」及「驚嘆號：！」，
為使讀者在撰寫商務文書時習慣此差異，本書於疑問句之句尾未使
用問號，而以句號代替。

● 實戰暖身操的【字彙預習】裡，中文翻譯前的數字表示該字彙的重音。

● 有些音在口語中常被省略，書中以括號表示。例如：
「い（い）え」、「〜て（い）ます」等。
甚至助詞的省略也很常見。例如：
「お会計（を）お願いします」（請幫我買單）等。
因此，為了力求自然，在 MP3 中也都將這些字詞予以省略。

● 書中雖將 MP3 內省略不讀的助詞還原，但是有些句子為顧及語法與
語感，採用「無助詞」的折衷方式呈現。例如：
「こちら、お気に召すかどうか分かりませんが、お受け取りください。」
（這個，不知道您會不會喜歡，但請您笑納。）
語法：「こちら」後難以抉擇用「を」（目的語）或「は」（主題焦點）；
語感：因省略了助詞而使正式程度下降，能帶給對方悅耳的感覺。

● 符號「外」表示外來語，其相關略語請見下方對照表。

原	原始說法，現已簡化	源	最初語源，現有改變
和	和製英語	荷	源自荷蘭語
德	源自德語	義	源自義大利語
法	源自法語	葡	源自葡萄牙語
中	源自中文	西	源自西班牙語

● 一般的外來語，如「カード」【card】、「ホテル」【hotel】等因無漢字而全以片假名標示。而台灣的姓氏或地名也屬外來事物，原以片假名標註，但因中文的國字也能以日語讀音唸出，故亦能以平假名標註。為使讀者知曉兩種標註法皆宜，本書「台灣姓氏」採片假名標註；「台灣地名」採平假名標註。

● 原則上，在商務場合中皆須使用敬語：「丁寧語」（客氣說法）、「尊敬語」（尊他說法）、「謙讓語」（自謙說法），學習時務必特別留意。（商店或餐廳等的服務人員工作時亦須使用敬語。）

● 關於第一人稱「私」（男女皆適用），在初次拜訪廠商、客戶等正式的商務場合中，應唸成「わたくし」以表示客氣；平時在職場上，唸成一般最廣泛的「わたし」也無傷大雅。此兩種讀音皆為有禮貌的表達。至於如「俺」（較粗魯）、「僕」（比前者客氣）等男性自稱用語則過於輕浮、不莊重，應避免使用。

● 在商場常見「動詞ます形→ません＋でしょうか」的形式。例如：「もう少し検討させていただけませんでしょうか。」（可否容我再考慮考慮？）雖異於一般形式「動詞原形＋でしょう」，但是提高了客氣程度。

● 於某些會話情境中，在台灣不需特意說些什麼，但在日本卻需要用某句話來表示禮貌。例如，在喝對方送上的咖啡前說聲：「いただきます。」（我要喝了）。語言與文化息息相關，從日語裡能反映出日本人的思維。故請各位熟練諸如此類的「決まり文句」（慣用語句），在適當的時機自然地脫口而出。

● 機場劃位、出入飯店、逛街購物等環節所需好用句及實用會話範例，建議搭配筆者過去的拙著《全日語旅行》作延伸閱讀。

掌握敬語

　　在商務場合說日語，除了對文法、單字須有一定的熟悉度之外，使用敬語是先決條件。進到日本職場，無論與上司、廠商、顧客甚至是前輩交談，用字遣詞絲毫馬虎不得。連日本人身為母語者都覺得敬語很難，因此若能說得一口好敬語，絕對能給日方留下極佳的第一印象。

　　基本上敬語分成三類：丁寧語、謙讓語、尊敬語，使用時須考量與聽者之間的關係，才能措辭得當。在開始出差「實戰」前，先提高「敬語戰鬥值」再上陣，一開口就讓日方刮目相看！

■ 丁寧語（客氣用語）
和初次見面等稍有距離的人說話時使用「です・ます」型文體即可。
- ～＋です。例 私は方です。（我姓方。）
- ～＋ます。例 私が行きます。（由我去。）

■ 謙讓語（自謙用語）：降低自己姿態以向對方致敬的說法
- 轉換說法　例 来る→参る（來）
- 套用公式：お／ご～＋する／いたす
　　　　　例 知らせます→お知らせします（いたします）（通知）

■ 尊敬語（尊他用語）：提升對方的高度以表示敬意的說法
- 轉換說法　例 する→なさる（做）
- 套用公式：お／ご～＋になる　例 待つ→お待ちになる（等）
- 用助動詞：れる／～られる　例 行く→行かれる（去）

★ 名詞的敬語轉換

名詞前面加上「お」或「ご」就變成敬語，此類敬語也可分成三種：

1. 為了表示客氣及高雅

例 おいくら（多少錢）→丁寧語

2. 敘述自己的物品或行動

例 ご連絡（我聯絡您）→謙讓語

3. 敘述對方的物品或行動

例 お考え（您的想法）→尊敬語

※1 漢字的敬語轉換法雖有例外，但基本上可以下列原則區分：

「お」＋「訓読みの言葉（訓讀詞）」例 お名前、お手紙、お着物

「ご」＋「音読みの言葉（音讀詞）」例 ご氏名、ご意見、ご住所

註 訓讀詞：源自「和語」（日本原本就有的詞彙）

　　　　　　→日文原有的發音

　音讀詞：源自「漢語」（中國傳入的詞彙，或指和製漢語）

　　　　　　→類似中文的發音

※2 不加「お」或「ご」的名詞

	一般這麼說	偶爾有例外
動物	犬（狗）、猫（貓）	お魚（魚）
植物	木（樹木）、果物（水果）	お花（花）
外來語	バッグ（包包）、バス（公車）	おトイレ（洗手間）
天氣	雨（雨）、雷（雷）	お天気（天氣）
時間	朝（早上）、夜（晚上）	お昼（中午）、お時間（時間）

常用商務敬語一覧表

★ 動詞

一般説法	丁寧語	謙譲語	尊敬語
会う	会います	お会いする お目にかかる	お会いになる 会われる
言う	言います	申す 申し上げる	おっしゃる 言われる
行く	行きます	参る 伺う あがる	いらっしゃる おいでになる お越しになる
いる	います	おる	いらっしゃる おいでになる おられる
思う	思います	存じる	お思いになる 思われる
聞く	聞きます	伺う／承る 拝聴する	お聞きになる 聞かれる
来る	来ます	参る	お見えになる いらっしゃる おいでになる お越しになる 来られる
知る	知っています	存じる 存じ上げる	ご存知 知られる
する	します	いたす	なさる／される
聞く	聞きます	伺う／承る お聞きする	お聞きになる 聞かれる
訪ねる	訪ねます	伺う／あがる お訪ねする お邪魔する	お訪ねになる 訪ねられる

食べる	食べます	いただく 頂戴する	召し上がる あがる お食べになる 食べられる
飲む	飲みます	いただく 頂戴する	召し上がる あがる お飲みになる 飲まれる
見る	見ます	拝見する	ご覧になる 見られる

★ 其他

一般說法	正式／客氣說法	一般說法	正式／客氣說法
ここ	こちら	どう	いかが
そこ	そちら	ある	ございます
あそこ	あちら	です	でございます
どこ	どちら	この 間 _{あいだ}	先日 _{せんじつ}
今度／今回 _{こんど　こんかい}	この度 _{たび}	今日 _{きょう}	本日 _{ほんじつ}
本当に _{ほんとう}	誠 に _{まこと}	明日 _{あした}	明日 _{あす}
今 _{いま}	ただ今 _{いま}	昨日 _{きのう}	昨日 _{さくじつ}
ちょっと／少し _{すこ}	少 々 _{しょうしょう}	さっき	先ほど _{さき}
すぐに	早速 _{さっそく}	あとで	後ほど _{のち}

★ 可加「お」或「ご」以轉換成敬語的形容詞

例 お好き、お嫌い、お忙しい、ご丁寧、ご親切、ご立派 等
_す　　_{きら}　　_{いそが}　　_{ていねい}　_{しんせつ}　_{りっぱ}
（喜歡）（討厭）（忙碌）　（仔細）（親切）（壯觀）

實戰 ①

實戰暖身操

❈ 字彙預習

①	**用件** ようけん	③ 應傳達之事項	②	**ファイル**	① 檔案
③	**検討** けんとう	⓪ 考慮；評估	④	**プロセス**	② 程序；過程
⑤	**何卒** なにとぞ	⓪ 敬請	⑥	**滞在** たいざい	⓪ 停留；旅居
⑦	**ケーブル**	①⓪ 纜線	⑧	**返信** へんしん	⓪ 回信
⑨	**出張** しゅっちょう	⓪ 出差	⑩	**トランク**	② 後車廂

❈ 句型預習

① **動詞ます形→ませんか。**〔表邀約〕要不要～？

　例 ご飯でも食べに行きませんか。要不要（一起）去吃個飯什麼的？
　　はん　た　い

② **動詞ます形→ましょう。**〔表邀約〕一起～吧！

　例 7時に京都駅の改札口で会いましょう。
　　じ　きょうとえき　かいさつぐち　あ

　　七點在京都車站的剪票口見吧！

③ **動詞原形＋予定です。** 我打算～／預計～。
　　　　　　よてい

　例 京都ホテルに泊まる予定です。我預計住京都飯店。
　　きょうと　　と　よてい

④ **動詞て形＋ください。** 請～。

　例 今回の来日理由を教えてください。請告訴我這次來日本的理由。
　　こんかい　らいにちりゆう　おし

18

1-1 商務 Email 及 Fax 的基本守則

電子郵件的寫法

日文商務電子郵件的十大要素

送信者	j.suzuki@work.com.tw	**1** 送信者（そうしんしゃ）：寄件者
宛先	t.takuya@business.co.jp	**2** 宛先（あてさき）：收件者
CC	副本	
BCC	密件副本	**3**
件名	お打合せありがとうございました	**4** 件名（けんめい）：主旨
添付	🖉 sample.pdf (1 MB)	**5** 添付（てんぷ）（ファイル）：附件；附檔

○○○株式会社　広報部
木村卓也様 ────── **6** 宛名（あてな）：收件者頭銜與姓名

いつもお世話になっております。
株式会社○○商事、広報部の鈴木次郎です。 ── **7** 挨拶（あいさつ）：問候語

昨日は大変お世話になりました。
ありがとうございました。
お忙しい中お時間をいただき、
貴重なご経験を伺うことができ、良い時間を過ごせました。
今後とも、ご指導くださいますよう、お願いいたします。 **8** 用件（ようけん）：本文

取り急ぎ、メールにてお礼申し上げます。 ── **9** 結び（むすび）：結語

株式会社　○○商事　広報部
鈴木　次郎
〒 ###-#### 東京都 xxxxxxxxxxxxxx
TEL：03-9999-1234　FAX：03-9999-5678
URL: www. ○○○ .co.jp
--- **10** 署名（しょめい）：簽名檔

👆 重點解說

④ 件名^{けんめい}：主旨

應為簡短、具體的關鍵詞，總字數不宜超過二十個字。

※ 你可以這麼寫

■ ○○○の件^{けん}

○○○之事

※ 如「プロジェクトの件^{けん}」（計劃之事）或「業務連絡^{ぎょうむれんらく}」（業務聯絡）都顯得

太過籠統，應要說清楚、講明白。

■ 面会時間の確認^{めんかいじかん　かくにん}

會面時間的確認

■ ○月○日工場見学のお礼^{がつ　にちこうじょうけんがく　れい}

○月○日工廠參觀的答謝

■ ○○○の担当者変更のお知らせ^{たんとうしゃへんこう　し}

○○○負責人員調動的通知

■ ○○○の資料を送付いたします^{しりょう　そうふ}

檢送○○○的資料

■ ○○○に関するお問い合わせについて^{かん　と　あ}

關於○○○的諮詢

■ ○○日のミーティング^{にち}※で懸案事項について^{けんあんじこう}

關於○○日會議中的待決事項

外 ミーティング【meeting】會議

※「ミーティング」指如部門內的小型會議，「会議^{かいぎ}」指如跨部門的大型會議。

⑤ 添付ファイル：附件

若是只有文字的資料，可以直接置於本文當中；若是圖片等資料或檔案，不知道對方的電腦能否打開，可事先向對方確認一下。此外，附件有時可能會感染病毒，所以傳送之前最好先確認是否安全，並於郵件中告知對方有附加檔案。

※ 你可以這麼寫

■ 企画書に関するファイルを添付したいのですが、パワーポイントのファイルをお送りしても問題ありませんでしょうか※。

我想附上關於企劃書的檔案，傳送 PPT 檔給您是否沒問題？

外 ファイル【file】檔案

外 パワーポイント【PowerPoint】微軟的簡報軟體

※ 一般都是「動詞原形＋でしょうか」，但「動詞ます形＋でしょうか」更客氣。

■ 企画書について、ファイルを添付しました。
（ファイル名：○○○ .ppt）

關於企劃書，我把檔案附上了。（檔名：○○○ .ppt）

■ 見本はこのメールに添付いたします。

樣本（檔案）附在這封電子郵件裡。

■ 見積書が準備できましたので添付いたします。

估價單已經準備好了，所以把檔案附上給您。

■ すみません。請求書がうまく添付できていなかったようです。
再送いたします。

不好意思，剛才請款單好像沒能順利附給您。我再傳送一次。

⑥ 宛名：收件者頭銜與姓名

通常第一行先寫公司名和所屬部門，第二行再寫對方的姓名。
當收件者的稱謂較長時，也可以第一行寫公司名，第二行寫所屬的
部門及姓名。

❋ 你可以這麼寫

▷ 稱呼個人

■ （○○株式会社○○部）○○様 ※／さん

（○○股份有限公司○○部）○○先生／小姐

※「様」比「さん」更有禮貌。也可在姓氏後冠上職稱，如○○部長，其他職
稱詳見 69 頁。

■ CC：（○○株式会社）○○様／さん

副本：（○○股份有限公司）○○先生／小姐

▷ 稱呼全體

■ （○○株式会社／○○部）御中

（○○股份有限公司／○○部）敬啓

■ 関係者各位

各位相關人員

■ 皆様／皆さん

各位／大家

在信件的開頭處簡單地「名乗り」（報上名來，其寫法見 19 頁），
也是商務書信的基本常識。

✳ 你可以這麼寫

■ **（いつも）（大変）お世話になっております。**

（平時）（非常）承蒙您的照顧。

※ 這句是最常用的基本款，若全部都不省略，則爲最客氣的說法。

■ **いつもご利用いただき、ありがとうございます。**

　　　　　▲
　　　　　替 愛顧

〔收件者為客戶時〕平時十分感謝您的惠顧。

■ **先日はありがとうございます。**

▲
替 この度 ※ （這次）

〔將最近的事情當成引言〕前些日子，非常感謝您。

※「この度」是「今度 / 今回」的正式說法

■ **早々のお返事、ありがとうございます。**

▲
替 早々にお返事くださり ※

感謝您迅速的回覆。

※ お＋動詞ます形 / サ行変格動詞語幹＋くださる＝敬語：尊敬語

■ **たびたび申し訳ありません。**

〔為了同一件事而多次打擾時〕三番兩次（打擾您），非常抱歉。

■ お返事が遅くなり、（本当に）申し訳ありません（でした）。

替 返信が遅くなってしまい

替 返答

回覆您晚了，（真的）非常抱歉。

■ お忙しいところ失礼いたします。

替 恐れ入ります※（不好意思）

百忙之中，打擾您了。

※ 給長輩、客人帶來麻煩或困擾時表示內心的歉意，意同「大変申し訳ありません」（非常抱歉）。

■ 突然のメールで失礼いたします。

〔初次聯絡時〕突然發郵件給您，不好意思。

外 メール（原：電子メール）【mail】電子郵件；簡訊

■ 初めてメールを差し上げます。朱です。

替 メールいたします

替 ご連絡させていただきます（與您聯絡）

初次發郵件給您。敝姓朱。

■ ご無沙汰しております。

久違了。

■ お疲れ様です。

〔收件者為公司同事等熟稔的關係時〕工作辛苦了。

■ 今年もどうぞよろしくお願いいたします。

替 本年（書面語）

〔寄出一月一日後的第一封郵件時〕今年也請您多多指教。

24

⑧ 用件：本文

日文書信寫作也可參考「5W3H」的原則：

5W			3H		
Who	誰が	誰	How	どのように	怎麼做
What	何を	什麼事			
When	いつ	何時	How many	いくつ	多少量
Where	どこで	在哪裡			
Why	なぜ	為什麼	How much	いくら	多少錢

書寫範例請見下頁。

出差一點通：問句沒問號

在標點符號方面，因為從前日文裡沒有「？」（問號）或「！」（驚嘆號），所以正式的書信裡仍建議使用「。」（句號）做結尾。當然，時下流行的「(*^_^*)」等「絵文字」（表情符號）會給人輕浮的不良印象，因此更不能出現在商務電子郵件中。另外，日文的商務 Email 一般都是使用「です‧ます」型，但若以條列式書寫的話，也可使用「普通体‧常体」。

◀▎▶ 　**件名：○○○○会議議事録送付の件**　　　　　　　　ↂ

ＡＢＣ株式会社

飯島様

いつもお世話になっております。

本日の会議では貴重なご意見をいただき、

ありがとうございました。

議事録を作成いたしましたので添付ファイルにてお送りします。

ご査収のほどよろしくお願いいたします。

（ファイル名：「○○○○会議議事録」）

ご不明な点がございましたら、ご連絡ください。

よろしくお願いいたします。

◀▎▶ 　主旨：○○○○會議紀錄的寄送事宜　　　　　　　　　ↂ

ABC 股份有限公司
飯島先生／小姐

平時承蒙您的關照。
感謝您於今日的會議裡提供了寶貴的意見。
我將打好的會議紀錄隨附件寄給您，麻煩您查收。
（檔名：「○○○○會議紀錄」）

若有不明白之處，請與我們聯絡。
請您多多指教。

○○○○会議議事録

かいぎぎじろく

日　時	○月○日（○曜日）午前・午後○時○分〜○時○分
場　所	＿＿＿＿＿＿＿＿＿＿＿＿＿＿＿＿＿＿＿＿＿＿
議　題	＿＿＿＿＿＿＿＿＿＿＿＿＿＿＿＿＿＿＿＿＿＿
出席者	＿＿＿＿＿＿＿＿＿＿＿＿＿＿＿＿＿＿＿＿＿＿
議　事	＿＿＿＿＿＿＿＿＿＿＿＿＿＿＿＿＿＿＿＿＿＿
	＿＿＿＿＿＿＿＿＿＿＿＿＿＿＿＿＿＿＿＿＿＿
決　定	① ＿＿＿＿＿＿＿＿＿＿＿＿＿＿＿＿＿＿＿＿
事　項	② ＿＿＿＿＿＿＿＿＿＿＿＿＿＿＿＿＿＿＿＿
	③ ＿＿＿＿＿＿＿＿＿＿＿＿＿＿＿＿＿＿＿＿

實戰❶

中譯（附件）

○○○○會議紀錄

時　間	○月○日（星期○）上午・下午○點○分〜○點○分
地　點	＿＿＿＿＿＿＿＿＿＿＿＿＿＿＿＿＿＿＿＿＿＿
議　題	＿＿＿＿＿＿＿＿＿＿＿＿＿＿＿＿＿＿＿＿＿＿
出席者	＿＿＿＿＿＿＿＿＿＿＿＿＿＿＿＿＿＿＿＿＿＿
內　容	＿＿＿＿＿＿＿＿＿＿＿＿＿＿＿＿＿＿＿＿＿＿
	＿＿＿＿＿＿＿＿＿＿＿＿＿＿＿＿＿＿＿＿＿＿
決　定	① ＿＿＿＿＿＿＿＿＿＿＿＿＿＿＿＿＿＿＿＿
事　項	② ＿＿＿＿＿＿＿＿＿＿＿＿＿＿＿＿＿＿＿＿
	③ ＿＿＿＿＿＿＿＿＿＿＿＿＿＿＿＿＿＿＿＿

⑨ 結び：結語

像一般書信中開頭的「拝啓」（敬啓者）或結尾時的「敬具」（敬上）等固定用法，在電子郵件中可省略。結語部分，簡單地、禮貌性地收尾即可。

❈ 你可以這麼寫

■ **まずは**[1] **お返事まで。**

替 以上、（完畢）

替 取り急ぎ、（匆此）

替 ご連絡まで（向您聯絡）

替 お礼まで（向您致謝）

替 用件のみにて[2] 失礼いたします（僅此奉達）

替 メール（電子郵件）

崧此奉覆。[3]

※1「まずは」表「總之」，也會說成「取り急ぎ、まずは〜」。

※2「にて」是「で」的正式說法，也是書面語。

※3 意指「僅以簡短的回覆傳達緊急的要件，請對方見諒。」

■ **では、よろしくお願いいたします**[※]**。**

替 以上（完畢）／何卒＝どうぞ（敬請）／今後とも（今後也）／
お忙しいところ恐縮ですが（不好意思百忙之中打擾了）

即請您多多指教。

※ 也可說成「申し上げます」，比「いたします」敬意更強。

■ **それでは、ご検討よろしくお願いいたします。**

那麼就麻煩您評估了。

28

⑩ 署名〔しょめい〕：簽名檔

商務電子郵件的簽名檔基本上應具備以下項目：

對公司內部	對公司外部
部門名稱 姓名 ※ 電子郵件 內線號碼	公司名稱及部門名稱 姓名 ※ 及電子郵件 公司地址 電話號碼及傳真號碼 公司網站
※ 日本人若自己的名字較罕見，會在漢字後附註假名。而像是從事貿易業的話，則附註羅馬拼音；我們台灣人應在姓名後附註片假名或羅馬拼音，以便日方判讀。	

出差一點通：當日回信是鐵則

基本上，商務電子郵件最好是「當天收到，當天回信」。但是，比方說出差或外出支援等不方便收發信件時，不可心存明後天進辦公室後再回信就好，建議至少簡單地告知對方確實已收信，使其放心，這樣才不致有失禮儀。你可以這麼寫： ◎ MP3 **184**

「詳細〔しょうさい〕が分〔わ〕かり次第〔しだい〕、再度〔さいど〕連絡〔れんらく〕いたします。」

（待了解詳情之後，我會立即再與您聯絡。）

☝ 傳真的寫法

為使對方清楚知道傳真內容（總頁數等），也應該附上傳送單——
「送信票」/「送り状」。

❊ 你可以這麼寫

為了避免在傳送過程中發生扯損，因此傳真資料的上下前後都要預留些空白。

FAX

そうふさき
送付先：

はっしんもと
発信元：

ＴＥＬ：○○○○○○　　ＴＥＬ：○○○○○○
ＦＡＸ：○○○○○○　　ＦＡＸ：○○○○○○

そうふまいすう　　　まい　そうしんひょうふく
送付枚数：２枚（送信票含む）

ひづけ　へいせい　ねん　　がつ　　にち
日付：平成○○年○○月○○日

ようけん
用件：

しりょう　　そうふ
資料のご送付

しきゅう　　さんこう　　　かくにん
□至急　□ご参考まで　☑ご確認ください
へんしん　　　　　　　かいらん
□ご返信ください　□ご回覧ください

れんらくじこう
連絡事項：

せわ
いつもお世話になっております。

しょうひん　しりょう　おく　　　　　　　　かくにん
商品の資料をお送りしましたので、ご確認ください。

ねが
よろしくお願いします。

30

FAX

收件者：對方公司名稱　　　　　　　傳真者：我方公司名稱
　　　　部門名稱及頭銜　　　　　　　　　部門名稱
　　　　收件者大名　樣　　　　　　　　　自己的名字
電話號碼：○○○○○○　　　　　　　電話號碼：○○○○○○
傳真號碼：○○○○○○　　　　　　　傳真號碼：○○○○○○
傳送張數：2 張（含傳送單）
日期：平成○○年○○月○○日

事項：
　　　　　　　　　　　　資料傳送

　　　□ 緊急　□ 僅供參考　☑ 請確認　□ 請回覆　□ 請傳閱

聯絡事項：
一直承蒙您的關照。
已經傳送了商品資料給您，敬請確認。
麻煩您了。

◎ 發送傳眞之前，應先告知。

■ これからファックスを送信いたしますので、
よろしくお願いいたします。

稍後我會發送傳真給您，所以要麻煩您收一下。

外 ファックス【fax】傳眞

◎ 發送傳眞之後，應再確認。

■ 先ほど※ファックスを送信したのですが、届いていますでしょうか。

方才已經發送傳真了，已經傳到了嗎？

※「先ほど」是「さっき」的正式說法

1-2 接到出差指令

◎ 林先生是台灣子公司的業務，早川先生是日本總公司的總經理。

※ **你可能會收到**

◀▶ 件名（けんめい）：日本（にほん）での新商品開発（しんしょうひんかいはつ）の打（う）ち合（あ）わせについて ↻

林（リン）さん

お疲（つか）れ様（さま）です。
標記（ひょうき）の通（とお）り、新商品開発（しんしょうひんかいはつ）の内容（ないよう）と、商品開発（しょうひんかいはつ）プロセスの理解（りかい）、
今後（こんご）の開発担当者（かいはつたんとうしゃ）との円滑（えんかつ）な業務（ぎょうむ）のため、京都（きょうと）に出張（しゅっちょう）してもら
おうと思（おも）っています。
＜内容（ないよう）＞
エリア対応（たいおう）を担当（たんとう）しているチームとのミーティングをセットし
ます。
＜スケジュール案（あん）＞
Ｄａｙ１　８月５日（がついつか）※1（日（にち））：京都到着（きょうととうちゃく）→ＰＭ商品企画（しょうひんきかく）、開発（かいはつ）
Ｄａｙ２　８月６日（がつむいか）※1（月（げつ））：ＡＭ打（う）ち合（あ）わせ→午後帰国（ごごきこく）
スケジュール大丈夫（だいじょうぶ）ですか。確認（かくにん）・連絡願（れんらくねが）います。

早川（はやかわ）※2

◀▮▶　　主旨：關於在日本討論新商品的開發事宜　　　　　　　　　　↻

> 林先生
>
> 工作辛苦了。
> 如同標題所示，為了討論新商品開發的內容、了解商品開發的程序、
> 與爾後開發負責人之間能有良好的互動，我打算請你到京都出差。
>
> ＜內容＞
> 我會安排一場會議，讓你和負責接洽該區域的小組對談。
>
> ＜預定行程＞
> Day1　八月五日（日）：抵達京都→下午商品企劃、開發
> Day2　八月六日（一）：上午討論→下午歸國
> 行程沒問題吧？請確認及聯繫。
>
> 早川

外 プロセス【process】程序；過程
外 エリア【area】區域；地帶
外 チーム【team】隊伍；小組
外 セット【set】設置；安排；成套；組合
外 スケジュール【schedule】時間表

※1「日期」的特殊讀法：

一日	二日	三日	四日	五日	六日
ついたち 1日	ふつか 2日	みっか 3日	よっか 4日	いつか 5日	むいか 6日
七日	八日	九日	十日	二十日	幾日
なのか 7日	ようか 8日	ここのか 9日	とおか 10日	はつか 20日	なんにち 何日

※2 因為是公司內部的電子郵件，所以早川總經理在署名的部分可較簡略。

実戦①

◄► RE: 日本での新商品開発の打ち合わせについて※ ↻

はやかわしゃちょう
早川社長

つか　さま
お疲れ様です。

きょう と しゅっちょう　けん　かくにん
京都出張の件、確認いたしました。

とうじつ　　なにとぞ　　　　　ねが
当日、何卒よろしくお願いいたします。

- -

えいぎょう ぶ
営業部　林安迪（リン・アンディ）

でん わ ばんごう　　　　　　　　　　　　ないせん
電話番号：○○○○○○　　内線：○○

メールアドレス：○○○○○○○○

中譯

◄► RE: 關於在日本討論新商品的開發事宜 ↻

早川總經理

您工作辛苦了。
到京都出差的事，我已經確認了。
當天，要麻煩您了。

- -

業務部　林安迪
電話號碼：○○○○○○　　分機：○○
電子信箱：○○○○○○○○

外 メールアドレス【mail address】電子信箱地址

※ 應避免另起新題，保持原來的主旨，以便對方能馬上進入狀況。

34

※ **你可能會收到**

リン
林さん

つか さま
お疲れ様です。

がつ かい ぎ   ねが
8月の会議、よろしくお願いします。

に ほんたいざいちゅう   かき てはい
日本滞在中のホテルですが、下記を手配しました。

めい
ホテル名：○○○○○

でん わ ばんごう
電話番号：○○－○○○○－○○○○

ウェブサイト：○○○○○○○○○

ばしょ   き さい
ホテルの場所はホテルのＨＰに記載されているので、

さんしょう   なに もんだい
ご参照ください。もし何か問題があれば、

き がる わたし ※1 けいたい   でん わ
お気軽に私 の携帯までお電話ください。

と がしけいたい
富樫携帯：○○○－○○○○－○○○○

げつ あさ
また、8／6（月）の朝ですが、

わたし   むか あ ※2
8：30に私がホテルのロビーにお迎えに上がります 。

いっしょ かいしゃ い
一緒に会社に行きましょう。

ねが
よろしくお願いします。

と がし ※4
富樫

實戰 ❶

林先生

工作辛苦了。

八月的會議要麻煩您了。

您停留日本期間的飯店安排如下：

飯店名稱：○○○○○

電話號碼：○○－○○○○－○○○○

網址：○○○○○○○○○○

飯店的位置在飯店的網頁上都有記載，所以請自行參照。

若有任何問題，請不要客氣，儘管打手機給我。

富樫的手機：○○○－○○○○－○○○○

此外，8/6（一）早上 8:30 我會去飯店的大廳接您。

我們一起去公司吧！

麻煩您了。

富樫

外 ホテル【hotel】飯店；旅館

外 ウェブサイト【website】網站

外 ロビー【lobby】大廳

※1「私」可唸成「わたくし」和「わたし」，男女都適用，但前者較為正式。

※2「上がります」是「行きます」的敬語：謙讓語

※3 主旨仍為「日本での新商品開発の打ち合わせについて」，故此省略。

※4「富樫」也是日本總公司的人，在此也省略了簽名檔。

富樫さん
（とがし）

お疲れ様です。
（つか　さま）

お忙しい中、ホテルの手配をしていただき、
（いそが　なか）　　　　　　　（てはい）

ありがとうございます。

では、当日は何卒よろしくお願いいたします。
（とうじつ　なにとぞ）　　　　　　（ねが）

- -

営業部　林安迪（リン・アンディ）
（えいぎょうぶ）

電話番号：○○○○○○　　内線：○○
（でんわばんごう）　　　　　　　（ないせん）

メールアドレス：○○○○○○○○

實戰
①

中譯

富樫先生

工作辛苦了。
百忙之中，感謝您為我安排了飯店。
那麼，當天請您多多指教。

- -

業務部　林安迪
電話號碼：○○○○○○　　分機：○○
電子信箱：○○○○○○○○

👉 聯絡供應商或客戶

✳ 你可以這麼寫

◀▶ 件名：新商品のご紹介 ↻

東急建設
折田大器※1 様※2

日頃から大変お世話になっております。

この度、弊社の新商品が出来上がりました。

サンプルとカタログがございますので、
ご覧いただきたいと考えております。
ご多用中とは存じますが、
貴重なお時間を割いていただければ幸いです。
折田様のご都合のよろしい日時を教えていただけますでしょうか。

ご連絡をお待ちしております。

どうぞよろしくお願いいたします。

◀▮▶　主旨：新產品介紹　　　　　　　　　　　　　　　　　　↻

東急建設
折田大器先生

一直以來承蒙您的關照。

此次敝公司推出了新產品，
我們備有樣本及型錄，希望請您過目。
您百忙之中若能撥冗會見，本人倍感榮幸。
能否麻煩折田先生告知方便的日期與時間？

靜候您的聯繫。
敬請多多指教。

外 サンプル【sample】樣品；試用品　　外 カタログ【catalog】型錄

※1 寫出全名較能表達敬意，但也可單以姓氏稱呼。

※2 若對方是總經理等高階主管時，可將「樣」換成「殿」。

出差一點通：約定會面

日本人做事非常有計劃性，所以如果打算在出差期間拜會客戶的話，最好提早兩個星期以上和對方約定時間「**アポを取る**」（原：アポイントメント【appointment】）比較理想。除了用電子郵件聯繫外，如果是既有的老客戶，也可直接打電話詢問：◎ MP3 **184**

「○月○日の△時に□□の件でお話をさせていただきたいのですが、ご都合はいかがですか。」

（○月○日△點我想針對□□一案向您報告，不知您時間方不方便？）

やまさきさんぎょうえいぎょう ぶ
山崎産業営業部

キュウさま
邱 様

せ わ
いつもお世話になっております※1。

れんらく
ご連絡ありがとうございます。

ぜ ひ　　おんしゃ　しんしょうひん　はいけん　　　　　おも
是非とも御社の新商品を拝見したい※2 と思いますので、

がっとおかごご じ　※3　　　　　じかん
6月10日午後3時 でしたら時間があります。

いかがでしょうか。

ねが
よろしくお願いいたします。

中譯

山崎產業業務部
邱先生／小姐

總是承蒙您的關照。

謝謝您的來信。
我非常希望能看看貴公司的新產品，
若是六月十日下午三點的話有時間。
您覺得如何？

麻煩您了。

※1「～ております」是「～ています」的客氣說法

はいけん　　　み
※2「拝見する」是「見る」的敬語：謙讓語

ごご じ　　　　　じ
※3「午後3時」也可寫成「15時」

※4 沿用原本的主旨以便對方迅速進入狀況，故此省略。

_{そうそう} _{へんじ}
早々のお返事ありがとうございます。
_{がつ} _{とお} _か _{ご ご} _じ _{しんしょうひん} _も _{うかが}
では６月１０日午後３時に新商品を持って伺います。※1
_あ _{たの}
お会いできる※2のを楽しみにしております。

_{き せつ} _か _め _{じ あい}
季節の変わり目ですので、どうぞご自愛くださいませ。※3
_{ねが}
よろしくお願いいたします。

中譯

謝謝您迅速的回覆。
那麼六月十日下午三點我將帶新產品去拜訪您。
非常期待能與您見面。

正逢季節交替之際，請保重身體。
請您多多指教。

※1「伺います」是「訪れる」（到訪）/「訪問する」（訪問）的敬語：謙讓語

※2 お＋動詞ます形＋します→できます＝敬語：謙讓語

※3 お／ご＋動詞ます形＋くださいませ＝敬語：尊敬語（表客氣的「ませ」也
　　可省略）一般的電子郵件可省略此類問候語，但是有些人也會保留，讓收件
　　者感受到溫暖的人情味。

※4 因同前一封電子郵件，故在此省略收件者職稱及姓名。

👆 **聯絡友人**

◀▶ 　　　**件名：林です。お久しぶりです。**　　　　　　　　🔄

上山さん

お久しぶりです[※1]。お元気ですか。
8月5日から京都に出張することになって[※2]、
5日に夜、時間があるので是非ご飯でも食べに行きませんか。
返事、待ってます[※3]。

林 [※4]

中譯

◀▶ 　　　主旨：我姓林，好久不見。　　　　　　　　　　　🔄

上山先生／小姐

好久不見，近來可好？
我被安排八月五日起去京都出差，
因為五日晚上有空檔，要不要（一起）去吃個飯什麼的？
我等你回信。

林

※1 雖然信裡使用了「です・ます」型的客氣說法，若是關係較親近的朋友，使
　　用「普通体・常体」也無妨。

※2 動詞原形＋ことになる＝客觀敘述某件事的結果

※3 就像日常會話般會省略助詞「を」或います的「い」

※4 既然是朋友的關係，再加上非商務郵件，最後只留自己的名字就可以了。

林[リン]さん

お久[ひさ]しぶりです。元気[げんき]ですよ。林[リン]さんはどうですか。
5日[いつか]ですね。今[いま]のところ、予定[よてい]はないので是非行[ぜひい]きましょう。
日本[にほん]に着[つ]いたらまた連絡[れんらく]くださいね。
私[わたし]の連絡先[れんらくさき]※は○○○－○○○○－○○○○です。
連絡待[れんらくま]っています。

上山[かみやま]

中譯

林先生

好久不見，我很好喔！林先生（近來）如何？
五日是吧？我目前沒排行程，一起去吃飯吧！
你到日本之後再跟我聯絡吧！
我的手機號碼是 ○○○－○○○○－○○○○。
我等你的電話。

上山

※「連絡先[れんらくさき]」指「聯絡方式」，如地址、電子信箱、手機號碼等。

抵達日本後聯絡對方　◎ MP3 **002**

A：もしもし、林です。

B：あ、林さん、日本に<u>着きましたか</u>。

　　　　　　　　 替 到着しましたか

A：はい、着きました。

B：今夜、何時頃会いますか。

A：そうですね。7時頃はいかがですか。

B：大丈夫ですよ。では7時に京都駅の改札口で会いましょう。

A：分かりました。楽しみにして（い）ます。

B：私も楽しみです。ではまた。

A：はい、それではまた。

A：喂，我姓林。

B：啊，林先生，你到日本了嗎？

A：嗯，我到了。

B：今晚大約幾點見面呢？

A：這個嘛，七點左右如何？

B：沒問題喔！那七點在京都車站的剪票口見吧！

A：我知道了。我很期待（和你見面）。

B：我也很期待。那麼再見。

A：好，再見。

1-5 機場到飯店的交通

······· 在機場 ·······

 會話實況 live

▷ 通關 1：入境　◎ MP3 003

> A：今回（こんかい）の来日理由（らいにちりゆう）を教（おし）えてください。
>
> B：出張（しゅっちょう）です。

A：請告訴我這次來日本的理由。

B：出差。

▷ 通關 2：停留時間　◎ MP3 004

> A：滞在期間（たいざいきかん）はどのぐらいですか。
>
> B：一週間（いっしゅうかん）です。
>
> 替　▲二日間（ふつかかん）（兩天）／三日間（みっかかん）（三天）／四日間（よっかかん）（四天）／
> 　　五日間（いつかかん）（五天）／六日間（むいかかん）（六天）／一ヶ月（いっげつ）（一個月）

A：會停留多久？

B：一個禮拜。

▷ 通關 3：住宿地點　◎ MP3 005

A：宿泊先はどちら^{※1} ですか。
B：京都ホテルに泊まる予定です^{※2}。

A：你會住在哪裡？

B：我預計住京都飯店。

※1「どちら」是「どこ」的客氣說法

※2 動詞原形＋予定です＝打算〜 / 預計〜

▷ 通關 4：訪日次數　◎ MP3 006

A：今回の来日は<u>何度目</u>ですか。
　　　　　　　　　　　　▲ 何回
B：<u>三度目</u>です。
　　　　▲ 出張で何度も来ています（我來日本出差很多次了）

A：這次來日本是第幾次？

B：第三次了。

▷ 通關 5：關於行李 1　◎ MP3 007

A：荷物の中身は何ですか。
B：生活用品です。

A：行李裡面是什麼？

B：生活用品。

通關 6：關於行李 2　◎ MP3 **008**

A：中を拝見してもよろしいですか。

B：はい（、分かりました）。

A：我可以看一下您裡面的東西嗎？

B：好（，我知道了）。

通關 7：結束檢查　◎ MP3 **009**

A：ご協力ありがとうございました。

B：どうも。

A：謝謝合作。

B：謝謝。

出差一點通：達人公事包

偷看一下出差達人的公事包，麻雀雖小卻五臟俱全：有名片夾、筆電、手機、充電器、雨傘、大筆記本（擺在桌面上較氣派，用來記公事）、小筆記本（用來記錄自己的行程等瑣碎事項）、護照和隨身碟三個（給客戶的、自己的、備用的）等。

出差達人甚至還傳授密技：「就算天氣大晴天，雨傘堅持放身邊。」這把不離身的雨傘是有妙用的。當去拜訪公司時，雖然晴空萬里，但看到公事包中放著雨傘，不由得會對這有備無患的態度肅然起敬，因此也能博得辦事周到的好印象。

搭乘特快車：櫃台購票 ◎ MP3 **010**

■ すみません、成田エクスプレスのチケットとスイカが

セットになって（い）るものをお願いします。

不好意思，我要成田特快（的車票）加 Suica 的套票。

> 外 エクスプレス【express】快速

> 外 チケット【ticket】車票；門票

> 外 スイカ【Suica】類似悠遊卡的 IC 儲值卡，現在不論搭公車或電車，日本全
> 國通用。

■ **19時46分の高尾行きを八王子までお願いします。**

麻煩你，我要（搭）19 點 46 分開往高尾的那班車，在八王子下車。

出差一點通：Suica，退不退由你！

辦理 Suica 退卡手續時所收回的退費＝已儲值在卡片裡尚未使用的金
額－手續費 210 日圓＋卡片的 500 日圓押金。簡單來說，押金 500
日圓一定會退回來，但建議各位最好用到卡片裡一毛不剩（除了搭電
車以外，也可用於便利商店購物），這樣就不需要扣手續費了。而若
想保留 Suica 的話，則要留意連續十年不使用即自動失效。

若決定要退卡，你可以這麼說：◎ MP3 **184**

「すみません、帰国するので、このスイカを解約したいのですが…※」

（不好意思，我要回國了，所以想退掉這張 Suica。）

※ 雖然話還沒有說完，但是對方就能知道我們的目的了。在日語會話中經常
出現這種「話只說一半」的表達方式。

➤ 搭乘電車：詢問站務員　◎ MP3 **011**

■ このホテルへ行きたいんですけれども、
どの電車に乗ればいいですか。

替 どの電車に乗ってどこで降りれば（搭哪輛電車，在哪裡下車）

〔秀出手中的飯店資料〕我想去這家飯店，該搭哪條線？

※「ですけれども」雖可簡略為「ですけど」，但最完整的說法是最客氣有禮的。

■ 路線図と時刻表をください。

請給我（電車的）路線圖及時刻表。

➤ 搭乘巴士：櫃台購票　◎ MP3 **012**

■ 所沢まで大人１枚 ※お願いします。

麻煩你，我要一張全票到所澤。

※ 像袋子、紙張、車票、T 恤、CD 等扁平物品的量詞：「枚」

■ もう一度お願いします。

〔聽不懂對方的話時〕請你再說一次。

出差一點通：搭巴士的好處

「大包小包擠電車，搬上搬下累翻了！」——搭乘地鐵或電車雖然省時又方便，但有時卻也令人「抓狂」。有些車站裡，電車及月台的間隙有落差，或是沒有設置電梯，對於攜帶大型行李的旅客而言極不方便。建議搭乘無須轉乘就能直達飯店的「**リムジンバス**」【和 limousine ＋ bus】（往返於飯店及機場間的利木津巴士）。車票可於飯店購入，在街上搭乘也可直接上車付現。

■ すみません、変換プラグはありますか。

〔缺特殊規格的轉接頭時〕不好意思，有轉接頭嗎？

　外 プラグ【plug】插頭

■ インターネットを使いたいのですが、LANケーブルはありますか。

　　　　　　　　　　　　　　　　　　替 Wi-Fi（無線網路）

我想上網，有網路線嗎？

　外 インターネット【Internet】網路

　外 LAN【Local Area Network】區域網路

　外 ケーブル【cable】纜線

■ これに合う充電器はありますか。

　　　替 合った　　　替 売っています（有賣）

〔帶著自己的筆電〕有適合這台用的充電器嗎？

■ すみません、これをクリーニングに出していただけますか。

　　　　　　　　　　　　　　　　　　替 もらえます

不好意思，可以麻煩你幫我把這件送去乾洗嗎？

　外 クリーニング【cleaning】洗衣（在日本多指乾洗）

■ クリーニングの請求は宿泊費と一緒でお願いします。

乾洗的費用請幫我和住宿費算在一起。

※「請求」原本是向對方要求某事，但在這裡特指「請款」的意思。

■ タクシーを呼んでいただけませんか。

您可以幫我叫部計程車嗎？

　外 タクシー【taxi】計程車

50

搭乗計程車　◎ MP3 **014**

> A：どちらまで行きますか。
>
> B：ここまで行きたいのでお願いします。
>
> ～抵達目的地時～
>
> A：着きましたよ。１３００円です。領収書はいりますか。
>
> 　　　　　　　　　　　　　替 レシート【receipt】／伝票
>
> B：【肯定】はい、いります。
>
> 　　　　　替 もらいます（得到）
>
> 　　【否定】いえ、いりません。１５００円で※。
>
> A：お釣り２００円です。
>
> B：ありがとうございます。

A：您到哪兒？

B：〔秀出名片給司機看〕我想到這裡，麻煩你了。

～抵達目的地時～

A：到了喔！（車資是）1300 日圓。收據需要嗎？

B：【肯定】嗯，需要。

　　【否定】不，不要。 1500 日圓給你找。

A：這是找您的 200 日圓。

B：謝謝你。

※ 其後方省略了「お願いします」

■ 神戸駅までお願いします。

麻煩你，我要到神戸車站。

■ すみません、トランクを開けていただけますか。

不好意思，可以請您幫我開後車廂嗎？

> 外 トランク【trunk】後車廂

■ すみません、トランクの荷物 ※、お願いします。

不好意思，後車廂的行李，麻煩你幫我拿出來。

※ 第二次出現的「、」原本為助詞「を」

■ あのコンビニの前で止めてください。

> 替 パン屋【葡 pāo】（麵包店）／銀行（銀行）

請在那家便利商店前面停。

> 外 コンビニ（原：コンビニエンスストア）【convenience store】便利商店

■ 次の信号を左へ曲がってください。

> 替 二つ目の交差点（第二個路口）

請在下一個紅綠燈左轉。

■ できるだけ急いでお願いします。

> 替 ください

麻煩盡量開快一點。

■ 行き過ぎちゃったので、戻っていただけますか。

> 替 通り過ぎ

開過頭了，所以可以麻煩您調頭／開回去嗎？

會話實況 live

電話叫車　◎ MP3 **016**

> A：ありがとうございます。つばめタクシーでございます。
>
> B：名古屋駅までタクシーを1台お願いします。
>
> A：名古屋駅まで1台ですね。
>
> B：はい、そうです。
>
> A：これからでよろしいですか。
>
> B：お願いします。
>
> A：お客様のお名前をいただけますか。
>
> B：劉です。
>
> A：どちらにいらっしゃいますか※1。
>
> B：名古屋観光ホテルにいます。
>
> A：かしこまりました。※2
>
> 　　名古屋駅までタクシーを1台、劉様で、5分ほどで伺います。
>
> 　　ありがとうございました。

A：謝謝（您的來電）。這裡是燕子計程車（車行名稱）。

B：我要叫一台車到名古屋車站。

A：一台車到名古屋車站是嗎？

B：嗯，是的。

A：現在過去接您好嗎？

B：麻煩你了。

A：請教貴姓大名？

B：我姓劉。

A：您現在在什麼地方呢？

B：我人在名古屋觀光飯店。

A：我知道了。

　　劉先生／小姐您叫了一台車到名古屋車站，車子約五分鐘左右會前去接您。
　　謝謝您。

※1「いらっしゃいます」是「います」的敬語：尊敬語
※2「かしこまりました」是「分かりました」的正式說法

出差一點通：常見標語大會串

穿梭在日本大街小巷辛苦打拚時，各式各樣的標語映入眼簾。基本上
只要是有漢字的標語，我們大概都能猜出其義。但有些漢字組合起來，
卻怎麼也猜不出來。換做是用假名標示，更不容易意會過來，例如：

■ 非常口（ひじょうぐち）

緊急出口

■ 土足厳禁（どそくげんきん）

嚴禁穿鞋入內

■ かけこみ禁止（きんし）

禁止奔跑（上車）

■ 飛び出し注意（とびだしちゅうい）

注意小朋友等奔跑出來

■ 関係者以外立ち入り禁止（かんけいしゃいがいたちいりきんし）

閒雜人等請勿進入

■ 一押し＝お勧め（いちおし／すすめ）

強力推薦

■ 満員御礼（まんいんおんれい）

客滿致謝

■ 替玉無料（かえだまむりょう）

加麵免費

■ 大盛無料（おおもりむりょう）

大碗不加價

■ 締切（しめきり）

隨手關門

❀ 日文解碼

	（日文假名）	（中文意思）
① 手配	_____	_____
② 携帯	_____	_____
③ 交差点	_____	_____
④ 非常口	_____	_____
⑤ 恐縮	_____	_____

❀ 關鍵助詞

① 突然（とつぜん）（　　）メール（　　）失礼（しつれい）いたします。

② ホテルの場所（ばしょ）（　　）ホテルのＨＰ（　　）記載（きさい）されているので、
ご参照（さんしょう）ください。

③ １９時４６分（じ　ぷん）の高尾行（たかおゆ）き（　　）八王子（はちおうじ）（　　）（　　）お願（ねが）い
します。

④ これ（　　）合（あ）う充電器（じゅうでんき）（　　）ありますか。

⑤ 名古屋駅（なごやえき）までタクシー（　　）１台（だい）、劉様（リュウさま）で、５分（ふん）ほど（　　）
伺（うかが）います。

① 工作辛苦了。 _____

② 請給我路線圖。 _____

③ 初次發郵件給您。 _____

④ 您可以幫我叫部計程車嗎？ _____

⑤〔搭計程車〕麻煩你，我要到神戶車站。 _____

※ **有話直說**

（請依中文提示，寫出適當的日文句子。）

① 透過電子郵件告訴對方久違了

_____

② 聽不懂對方說什麼的時候

_____

③ 想在飯店上網而詢問是否有網路線

_____

④ 麻煩對方派一台計程車到名古屋車站

_____

⑤ 想麻煩司機先生開快一點

_____

實戰 **2**

あいにく名刺を
切らしてしまいまして…

實戰暖身操

❀ 字彙預習

①	でんごん **伝言**	⓪ 留言		②	えしゃく **会釈**	① 點頭示意
③	**ロビー**	① 大廳		④	**ストップ**	② 停止
⑤	かたて **片手**	⓪ 單手		⑥	**あいにく**	⓪ 不巧
⑦	かみざ **上座**	⓪ 最好的位子		⑧	きづか **気遣い**	② 關心；擔心
⑨	ようぼう **要望**	⓪ 要求；請求		⑩	きがる **気軽**	⓪ 隨意；爽快

❀ 句型預習

① **名詞＋でよろしいですか。** 是～，對嗎／～就可以了嗎？

　例 胡さんの携帯でよろしいですか。

　　（這）是胡先生／小姐的手機，對嗎？

② **お＋動詞ます形＋ください。** 請～。

　例 こちらで少々お待ちください。 請您在這裡稍候。

③ **動詞て形＋してもよろしいですか→でしょうか。** 我可以～嗎？

　例 お名刺を頂戴してもよろしいでしょうか。

　　我可以跟您要張名片嗎？

④ **動詞て形＋良かったです。** ～真是太好了。

　例 お会いできて良かったです。 能和您見上一面真是太好了。

 會話實況 **live**

抵達日本後的聯繫 　◎ MP3 **017**

> A：もしもし、台湾不動産の胡ですが、
> 　　生田様（は）、いらっしゃいますか。^{※1}
>
> B：私（は）、生田です。
>
> A：今、日本に着きました。明日の４時にお伺いします。
> 　　よろしくお願いします。
>
> B：長い旅、お疲れ様です。明日お待ちしております。
>
> A：はい、よろしくお願いします。失礼します。
>
> B：失礼します。^{※2}

A：喂，這裡是台灣不動產，敝姓胡。請問生田先生／小姐在嗎？

B：我是生田。

A：我現在到日本了。明天四點我將去拜訪您。請多多指教。

B：（直譯：長途的旅程）您舟車勞頓辛苦了。我明天等您過來。

A：好的，麻煩您了。再見。

B：再見。

※1 即使直撥對方的分機號碼，但電話也有可能是同事幫忙接的，所以得先確認。

※2「失礼します」的四個常見使用時機：

　　① 進屋時 ② 就座時 ③ 道別時 ④ 掛電話時

🖱 對方不在座位上　◎ MP3 **018**

A：もしもし、台湾不動産の胡ですが、
生田様（は）、いらっしゃいますか。

B：申し訳ございません。
生田 [1] はただ今 [2]、席を外して [3] おります。

A：何時頃、お戻りですか。

B：5分ほどで戻ると思います。

A：では、5分後にまたお電話させていただきます。

A：喂，這裡是台灣不動產，敝姓胡。請問生田先生／小姐在嗎？

B：不好意思，生田現在不在位子上。

A：大概什麼時候會回來呢？

B：我想五分鐘左右就會回來。

A：那我過五分鐘後再撥過來好了。

※1 稱呼己方人員時姓氏後無須加「さん」、「様」等敬稱

※2「ただ今」是「今」的正式說法

※3「外す」有「暫時離開」、「從身上取下某物」、「錯失（機會）」等義。

 ## 出差一點通：表敬訪問 1

「**表敬訪問**」，即指「表示敬意，前去訪問」的意思。而在出發前、到達公司、進入會議室、結束商談等過程，處處都有非注意不可的潛規則喔！

⌕ 留下電話號碼　◎ MP3 **019**

B：念のため、胡様の電話番号を教えていただけますか。

A：申し上げて※よろしいですか。

B：はい、どうぞ。

A：０８０の３９２２の６００１です。

B：復唱いたします。０８０の３９２２の６００１でよろしいですか。

A：はい。

B：保險起見，胡先生／小姐可以告訴我您的電話號碼嗎？

A：〔提醒對方準備好紙筆〕我要說了，您方便（記下來）嗎？

B：好的，請說。

A：080-3922-6001。

B：我重複一次。是 080-3922-6001，對嗎？

A：是的。

※「申し上げます」是「言います」的敬語：謙譲語

出差一點通：表敬訪問 2

日本人非常重視守時。絕對不能遲到，而太早到也是失禮。例如，10
點的會議，理想的抵達時間約為 9 點 55 分，以便之後 10 點整準時開
始。若稍晚個幾分鐘，就會被認為是缺乏敬業精神。

請對方幫忙留言時　　◎ MP3 020

A：お手数ですが、伝言をお願いしてもよろしいですか。

B：はい、どうぞ。

A：「明日の４時にお伺いします」とお伝えください。

B：かしこまりました。

A：よろしくお願いします。失礼します。

B：失礼します。

A：可以麻煩您幫我留言（給他）嗎？

B：好的，請說。

A：請轉告他：「明天四點我會過去拜訪」。

B：我知道了。

A：麻煩您了。再見。

B：再見。

接到對方的回電時　　◎ MP3 021

A：もしもし、先ほどお電話いただいた三和警備保障の生田です。

　　胡さんの携帯でよろしいですか。

B：はい。お電話ありがとうございます。

A：喂，剛剛您有打電話來，我是三和警備保全的生田。

　　（這）是胡先生／小姐的手機對嗎？

B：是的。謝謝您的來電。

2-2 拜訪公司行號

 會話實況 live

▷ 當天遲到時打電話聯繫　◎ MP3 **022**

> Ａ：もしもし、私（は）、山下商事の謝と申します[1]。
> 　　お世話になっております。
> 　　営業部１課の細野様（は）、いらっしゃいますか。
> Ｂ：はい、私です。
> Ａ：大変申し訳ないんですけれども、今、電車の遅延で
> 　　１５分ほどお約束の時間に遅れてしまいそうです[2]。
> 　　申し訳ありませんが、
> 　　もう少々お待ちいただけませんでしょうか。
> Ｂ：はい、分かりました。お待ちしております。

A：喂，這裡是山下商事，敝姓謝。

　　承蒙您的照顧。請問業務部一課的細野先生／小姐在嗎？

B：嗯，我是。

A：非常抱歉，現在因為電車誤點，所以我可能會晚十五分鐘左右赴您的約。

　　很抱歉，可以請您再等我一會兒嗎？

B：好的，我知道了。（我們）等您過來。

※1「申します」是「言います」的敬語：謙讓語

※2 動詞ます形＋そうです（樣態助動詞）＝（看起來）好像～

■ **失礼ですが、どちら様ですか。**
（しつれい）　　　　　（さま）

不好意思，請問您是哪位？

■ **お約束でございますか。**
（やくそく）

您有預約（會面）嗎？

■ **恐れ入りますが、お電話が少々遠いようなのですが…**
（おそ）（い）　　　　（でんわ）　（しょうしょうとお）

不好意思，您的聲音聽起來好像有點小聲。

■ **ただ今お繋ぎいたします。少々お待ちくださいませ。**
（いま）（つな）　　　　　　（しょうしょう）（ま）

我立即為您轉接，請稍候。

■ **倉持はただ今電話中でございます。**
（くらもち）　　　（いまでんわちゅう）

倉持目前電話中。

■ **お電話※代わりました。倉持でございます。**
（でんわ）（か）　　　　　（くらもち）

〔電話轉接至本人後〕您的電話已轉過來了，我是倉持。

※「お電話」後省略了助詞「を」
　　（でんわ）

■ **もう暫くお待ちいただけますか。**
（しばら）（ま）

可以麻煩您稍候片刻嗎？

■ **よろしければ、(私が) 代わりにご用件をお伺いいたしましょうか。**
（わたし）（か）　　　　（ようけん）（うかが）

如果您不介意的話，（由我）代為服務您，好嗎？

■ **朝早くからお電話差し上げて、申し訳ございません。**

一大清早就打電話給您，真是抱歉。

■ **申し訳ございません。２０分ほど遅れてしまいます。**
急ぎますのですみません。

替 急いでお伺いします※（趕過去貴公司）

非常抱歉。我會遲到二十分鐘左右。我會趕過去的，不好意思。

※「伺います」是「訪れる／訪問する」（到訪）的敬語：謙讓語。但又套上
敬語句型「お＋動詞ます形＋します」，變成「二重敬語」（雙重敬語）。
從文法面而言，理應避免這樣的表達方式，不過現今大家視之為慣用說法，
已經見怪不怪了。

■ **現在神田におります※1が※2、事故の影響で電車がストップしています。**

現在我人在神田，因為受到事故的影響，電車都停駛了。

※1「おります」是「います」的敬語：謙讓語（對自己這方動作的客氣說法）；
反之，「おられる→おられます」則為敬語：尊敬語（尊稱對方動作）。

※2「が」（接続助詞）可表兩句的順接（表時間先後的順序、先引出前提後說明）
與逆接（兩句意思相反），而在這裡是「順接」：先引出前提，再補充說明。

外 ストップ【stop】停止；中止

■ **ただ今※有楽町まで来ました。あと５分で伺えます。**

現在我已經來到有樂町，再五分鐘就能到（貴公司）了。

■ **お待たせして申し訳ございません。**

讓您久等，非常抱歉。

抵達要訪問的公司　◎ MP3 **025**

A：もしもし、小田切製作所（おだぎりせいさくしょ）の許（キョ）ですが、
今（いま）1階（かい）^{※1}のロビーに着（つ）きました。

B：許様（キョさま）、申（もう）し訳（わけ）ありませんが、8階（かい）^{※1}の営業部（えいぎょうぶ）までお越（こ）し^{※2}
ください。

A：はい、分（わ）かりました。8階（かい）の営業部（えいぎょうぶ）ですね。

B：そうです。では、お待（ま）ちしております。

A：〔撥打一樓大廳的內線電話〕喂，這裡是小田切製作所，敝姓許。

現在我人已經到一樓的大廳了。

B：許先生／小姐，不好意思，請您移駕到八樓的業務部來。

A：好的，我知道了。八樓的業務部對吧？

B：沒錯。那麼，我等您過來。

※1「樓層」的讀法：

階	かい	地下1階（ちかいっかい）、1階（いっかい）、2階（にかい）、4階（よんかい）、5階（ごかい）、 6階（ろっかい）、7階（ななかい）、8階（はっ/はちかい）、9階（きゅうかい）、10階（じっ/じゅっかい）
	がい	3階（さんがい）、何階（なんがい）

※2「お越（こ）し」是「行（い）く」（去）與「来（く）る」（來）的敬語：尊敬語

> Ａ：おはようございます。小田切製作所の許と申します。本日、
> 　　１０時に御社の営業部の青木様とお会いする約束をしている
> 　　のですが…
> Ｂ：はい、確認いたしますので、少々お待ちくださいませ。
>
> ～櫃台小姐確認後～
> Ｂ：お待たせいたしました。では、８階にお上がりくださいませ。
> Ａ：ありがとうございます。

Ａ：早安。我是小田切製作所的人，敝姓許。今天十點和貴公司業務部的青木先生／小姐約好了要見面。

Ｂ：好的，我幫您確認，請您稍候。

～櫃台小姐確認後～

Ｂ：讓您久等了。那麼，請您上八樓。

Ａ：謝謝您。

出差一點通：贏得好感的拜訪

所謂「拜訪」，嚴格說起來，從踏進公司「**受付**」（櫃台）的那一秒就開始了。作為一個「**できるビジネスマン**」【businessman】（幹練、出色的商務人士），要在進門前脫下大衣和圍巾等披戴衣物，並將公事包暫時置於櫃台下方，向櫃台小姐說明來意（介紹自己的公司名稱、姓名、已預約拜訪對象的部門及姓名）。若是初次拜訪的公司，應在櫃台留下名片。若有接待人員陪同前往接待室，應走在對方的斜後方，且沿路不要東扯西聊。

⮞ 有接待人員陪同　◎ MP3 **027**

A：お待たせいたしました。応接室にご案内いたします。
　　こちらにどうぞ。

B：はい。

A：讓您久等了。我帶您到接待室去。這邊請。
B：好的。

⮞ 進入接待室後　◎ MP3 **028**

A：失礼いたします。

B：こちらへどうぞ。

A：恐れ入ります。ありがとうございます。

B：青木はすぐ参ります※ので、こちらで少々お待ちください。

A：〔進接待室前〕打擾了。
B：這邊請（坐）。
A：不好意思。謝謝你。
B：青木馬上就過來，請您在這裡稍候。

※「参る→参ります」是「行く」（去）與「来る」（來）的敬語：謙讓語

⮞ 有人送來飲料時　◎ MP3 **029**

A：コーヒーでございます。

B：ありがとうございます。いただきます。

A：（這）是您的咖啡。

B：謝謝你。〔飲用前〕我要喝了。

外 コーヒー【coffee】咖啡

出差一點通：日本職場體系

★認識職位（由職位高至低）

<ruby>会長<rt>かいちょう</rt></ruby> → <ruby>社長<rt>しゃちょう</rt></ruby> → <ruby>副社長<rt>ふくしゃちょう</rt></ruby> → <ruby>専務<rt>せんむ</rt></ruby>（<ruby>取締役<rt>とりしまりやく</rt></ruby>） → <ruby>常務<rt>じょうむ</rt></ruby>（<ruby>取締役<rt>とりしまりやく</rt></ruby>） →
<ruby>部長<rt>ぶちょう</rt></ruby> → <ruby>次長<rt>じちょう</rt></ruby> → <ruby>課長<rt>かちょう</rt></ruby> → <ruby>係長<rt>かかりちょう</rt></ruby> → <ruby>主任<rt>しゅにん</rt></ruby> → <ruby>平社員<rt>ひらしゃいん</rt></ruby>

1.「會長」通常為前任董事長

2.「社長」視公司組織而有所不同，一般相當於總裁、總經理等。

3.「副社長」可能有多位

4.「專務（取締役）」：執行董事

5.「常務（取締役）」：常務董事

6.「部長」：經理

7.「次長」：副理

8.「係長」：組長

9.「平社員」：一般職員

※ 上述未提及的「<ruby>理事<rt>りじ</rt></ruby>」，大致等同台灣公司裡的「協理」一職。

★認識單位

<ruby>総務<rt>そうむ</rt></ruby>＝總務　　　　<ruby>企画<rt>きかく</rt></ruby>＝企劃

<ruby>経理<rt>けいり</rt></ruby>＝會計　　　　<ruby>製造<rt>せいぞう</rt></ruby>・<ruby>生産<rt>せいさん</rt></ruby>＝製造／生產

<ruby>人事<rt>じんじ</rt></ruby>＝人事　　　　<ruby>研究<rt>けんきゅう</rt></ruby>・<ruby>開発<rt>かいはつ</rt></ruby>＝研究／開發

<ruby>広報<rt>こうほう</rt></ruby>＝宣傳　　　　<ruby>営業<rt>えいぎょう</rt></ruby>・<ruby>販売<rt>はんばい</rt></ruby>＝業務／銷售

＋

<ruby>部<rt>ぶ</rt></ruby>
<ruby>課<rt>か</rt></ruby>
<ruby>室<rt>しつ</rt></ruby>

A：いつもお世話になっております。小田切製作所の許です。

本日はよろしくお願いいたします。

B：青木です。わざわざお越しいただきありがとうございます。

こちらこそ、よろしくお願いいたします。

A：平日承蒙您的照顧了。我是小田切製作所的人，敝姓許。

今天要麻煩您了，請多多指教。

B：我是青木。感謝您特地蒞臨，我才要麻煩您了，請多多指教。

出差一點通：有禮走遍日本

日本的「**お辞儀**」（鞠躬行禮）可細分為：

① **目礼**（眼神交會）：向非直接洽談公事的人，輕輕地用眼神打個招呼。

常會說：「こんにちは。」（您好。）

② **会釈**（輕輕點頭，15度）：如見到櫃台的總機小姐時。

可說聲：「失礼します。」（不好意思。）

③ **敬礼**（一般鞠躬，30度）：如見到要拜訪的客戶時。

可說聲：「初めまして。」（初次見面，幸會幸會。）

④ **最敬礼**（最深鞠躬，45度）：如鄭重道謝或道歉時。

可說聲：「ありがとうございました。」（謝謝您。）

⌖ 結束拜訪　◎ MP3 **031**

■ 本日は（貴重なお話を）ありがとうございました。
そろそろ失礼いたします。

　替 それでは（那麼）

今日很感謝您（提供了寶貴的意見）。

我差不多要告辭了。

■ すっかり長居をいたしました。それではこれで失礼いたします。

已經久坐（打擾您）了。那麼我就此告辭了。

■ 本日は1時間のお約束のところ※、
1時間半もお時間をいただいて、ありがとうございました。

今天原本是跟您約了一個小時的會面時間，

您卻陪了我一個半小時，謝謝您。

※ 名詞「ところ」可表示「抽象的場所、場面或事情」，在此則指「本來約好
　見面一個小時的這件事情」。

■ お忙しいところありがとうございました。また連絡いたします。
今後ともよろしくお願いいたします。失礼します。

謝謝您百忙之中（接待我）。我再與您聯繫。

今後也請您多多指教。告辭了。

■ もうこちらで充分でございます。

（直譯：在這裡就已經足夠了）您請留步。

■ わざわざありがとうございます。それでは、こちらで失礼いたします。

〔當對方送自己去搭電梯時〕謝謝您特地送我過來。那麼，我就在此告辭了。

A：ロビーまでお見送りいたします。

〜到了大廳後〜

B：わざわざお見送りいただいて※恐縮です。本日はありがとうございました。それでは、これで失礼いたします。

A：我送您到大廳。

〜到了大廳後〜

B：讓您特地送我，真不好意思。今天感謝您（的招待）。

那麼，我就此告辭了。

※ お＋動詞ます形＋いただく＝敬語：尊敬語

出差一點通：商務拜會禮儀

① 進入接待室即便看到了椅子，也要等接待者的指示才能就座。

② 即使接待室的桌上有擺放菸灰缸，也不要隨便抽菸。

③ 檢查手機是否關機，或是已經調成了靜音模式。除了緊急情況之外，盡量不要在客戶面前接聽電話。

④ 可以喝對方倒的茶，但喝之前為了表示禮貌，要先說一聲：「**いただきます。**」（我要喝了。）

⑤ 看到相約會面者一進門來，就必須站起來與對方寒喧，說聲：「**いつもお世話になっております。**」（一直承蒙您的關照。）

⑥ 當會議在約定時間內結束時即可散會，但是在沒有說好何時結束的情況下，商談時間通常都是一個小時左右，由拜訪者／客人這一方提出告辭。

2-3 交換名片及介紹人員

▷ 交換名片 ◎ MP3 **032**

■ 森田工業の呉と申します。よろしくお願いいたします。

〔邊遞出名片〕我是森田工業的人，敝姓吳。請多多指教。

■ 初めまして、呉と申します。どうぞよろしくお願いいたします。

　▲ 替 改めまして※、（再次）

　　　▲ 替 紹介が遅れて、失礼いたしました。（自我介紹晚了，不好意思。）

初次見面（幸會幸會），敝姓吳。請多多指教。

※ 用於之前見過面卻沒有自我介紹時

■ 宝石社（の）金田一様ですね。ありがとうございます。
頂戴いたします※。

〔收到名片後〕珠寶公司的金田一先生／小姐，對吧。謝謝您。我收下了。

※ 有些人會用「もらう」（得到）的敬語：謙讓語「いただきます」。但是因為
「いただきます」常用於餐桌上（我要開動了），所以會讓人覺得有點怪怪的。
而「いただきます」的敬意也沒有「頂戴いたします」那麼高，因此還是
建議使用上句的說法。

出差一點通：交換名片的禮儀

在日系商務場合中，與初識者會面時若未準備名片與對方交換，可說
是相當失禮的行為。一般而言，都是由訪客或地位、輩份低的人先遞
名片，所以拜訪前就應備妥名片夾，以便當場俐落地取出。而名片夾
也不宜放在褲子後方的口袋裡，以免給人不夠莊重的印象。

■ 片手で失礼します。
〔無法雙手接取對方的名片時〕不好意思，只用一隻手（來接您的名片）。

■ 失礼ですが、どのようにお読みするのでしょうか。
替 恐れ入りますが、こちらは何と（不好意思，這個唸成什麼）
〔不知道對方的名字該怎麼讀時〕不好意思，我該怎麼唸（您的姓名）呢？

■ 恐れ入りますが、御社の名前は…
〔不會唸對方公司名的漢字時〕不好意思，貴公司寶號是……
※「御社」一詞本身已有敬意，故「名前」前不加「お」。而用這種欲言又止的方式，能使對方主動告知唸法。

■ やなぎりえ様でよろしいでしょうか。
〔確認對方的姓名時〕您的大名是「やなぎりえ」吧，對嗎？

■ いつもお電話だけで失礼しております。
〔之前已電聯過但是初次見面時〕一直都是與您通電話而已，（而沒能拜訪您，）真是不好意思。

■ 申し訳ございません。あいにく名刺を切らしてしまいまして…
〔名片用完時〕很抱歉，不巧我的名片剛好用完了。
※ 忘記帶名片時，也別實話實說，最好以「剛好用完」為理由帶過，才不會給人做事不牢靠的壞印象。

■ 恐れ入りますが、お名刺を頂戴してもよろしいでしょうか。
〔想索取名片時〕不好意思，我可以跟您要張名片嗎？
※ 本句將「すみません」換成正式的「恐れ入ります」，「名刺」前加上了「お」變得更加禮貌、悅耳；最後的「よろしい」是從「いい」轉換過來的，也是客氣的表達方式。這樣文法繁複的說法，顯示出商務日語首重禮貌，為了博得日本客戶、合作夥伴的好印象，各位務必盡量熟練。

⌕ 介紹同行人員　◎ MP3 033

■ **こちらが[※]富士広告代理店の企画部の三好様です。**
ふ じ こうこくだい り てん　き かく ぶ　み よし さま

〔介紹其他公司人員〕這位是富士廣告代理公司企劃部的三好先生／小姐。

※ 在此使用了格助詞「が」，是要特別突顯這位人士並非己方人員。

■ **こちらは弊社の経理課の蘇です。**
へいしゃ　けい り か　ソ

　　　　　替 私 どもの部長、高野と申します（我們的部長，姓高野）
　　　　　　わたくし　　　　　 ぶ ちょう　たか の　 もう

〔介紹自己公司人員〕這位是敝公司會計部的蘇先生／小姐。

出差一點通：介紹人員的禮儀

當有同伴一起前往拜訪日方，而自己要居中介紹雙方認識時，禮貌上要先介紹不同公司的人，須提及其公司名稱（及所屬單位），並使用敬稱及敬語，之後再介紹己方人員，而要從年紀輕或職位低的人開始介紹起。

對外稱呼己方人員時，即便是指社長等主管，也都無須在姓氏後加上さん、樣等稱謂或職稱才符合禮儀，其錯誤與正確的稱呼法如下：
× 「社長」、「社長さん」、「松下社長」
　しゃちょう　　しゃちょう　　まつしたしゃちょう
○ 「社長の松下」
　しゃちょう　まつした

2-4 饋贈伴手禮

 會話實況 **live**

▷ **送禮時** ◎ MP3 **034**

> A：こちら、<u>お気に召す</u>※かどうか分かりませんが、
>
> 　替 <u>お口に合う</u>（合您的胃口）
>
> お受け取りください。
>
> B：わざわざお気遣いいただき、ありがとうございます。

A：這個東西，不知道您是否會喜歡，但是請您笑納。

B：感謝您特地費心準備。

※「お気に召す」是「気に入る / 好む」（喜歡）的敬語：尊敬語

▷ **介紹禮品** ◎ MP3 **035**

> A：こちらは何ですか。
>
> B：台湾の名産の<u>パイナップルケーキ</u>です。
>
> 　替 マンゴープリン【mango pudding】芒果布丁

A：這是什麼？

B：是台灣有名的特產──鳳梨酥。

外 パイナップル【pineapple】鳳梨

外 ケーキ【cake】蛋糕；糕點

76

你還可以這麼説　◎ MP3 **036**

■ **こちら、つまらないものですが[※]、皆様<ruby>皆様<rt>みなさま</rt></ruby>でどうぞ。**

> 這只是個不成敬意的小東西，還請大家一起（享用）。

> ※「こちら、つまらないものですが…」這句話是送禮時一直以來的客氣說法，
> 但是到了現代對這句話卻多了不同的解讀：「不一定要這麼謙虛」、「送小
> 東西反而失禮」等。所以，送禮時大家可以參考以下其他說法。

■ **心<ruby>心<rt>こころ</rt></ruby>ばかりのもの<u></u>ですが、皆様<ruby>皆様<rt>みなさま</rt></ruby>でどうぞ召<ruby>召し上がって<rt>めあ</rt></ruby>^{※1}ください。**

> 替 ほんの^{※2}少<ruby>少し<rt>すこ</rt></ruby>（只是一點小東西）

> 替 気持<ruby>気持ち<rt>きも</rt></ruby>（心意）

> 雖然是一點點的小心意，請大家一同享用。

> ※1「召<ruby>召し上がる<rt>めあ</rt></ruby>」是「食<ruby>食べる<rt>た</rt></ruby>」（吃）與「飲<ruby>飲む<rt>の</rt></ruby>」（喝）的敬語：尊敬語

> ※2「ほんの」：接在名詞前，表示「一點點」的意思。

■ **今年<ruby>今年<rt>ことし</rt></ruby>もお世話<ruby>世話<rt>せわ</rt></ruby>になりまして、ありがとうございます。**
来年<ruby>来年<rt>らいねん</rt></ruby>も、どうぞよろしくお願<ruby>願い<rt>ねが</rt></ruby>します。

> 替 いたします（更客氣）／申<ruby>申し上げます<rt>もうあ</rt></ruby>（最客氣）

> 今年也受您照顧了，謝謝您。明年也要請您多多指教。

■ **よろしければ、ご自宅用<ruby>自宅用<rt>じたくよう</rt></ruby>にお使<ruby>使い<rt>つか</rt></ruby>ください。**

> 不介意的話，請您帶回去用。

出差一點通：伴手禮的禮儀

拜訪時致贈伴手禮也是一種禮貌，像是散裝的小點心等，就能讓人感
受到心意，也方便大家取用，進而增加好感。但若是大費周章地準備
一大盒茶葉等，反而有塞紅包之嫌，因此最好避免。

出差一點通：請登上寶座

在日本，請客人或地位高的人坐「**上座**_{かみ ざ}」；反之則坐「**下座**_{しも ざ}」。我們來看看哪些位置是寶座吧！

「エレベーター」 電梯	原則上，站在電梯按鍵前的人要操作開關，故為「下座」；而在操作者後方的位置屬於「上座」。
「会議室」_{かい ぎ しつ} 會議室	離門口最遠、離會議主持人最近的是「上座」。
「タクシー」計程車	因為最安全，所以司機的正後方是「上座」；司機旁的位置，要帶路或付錢所以是「下座」。
「応接室」_{おうせつしつ} 接待室	離門口最遠的是「上座」；最近的是「下座」。
「新幹線・電車」_{しんかんせん でんしゃ} 新幹線或電車	面向列車行駛方向，或靠窗位置都是「上座」。

電梯

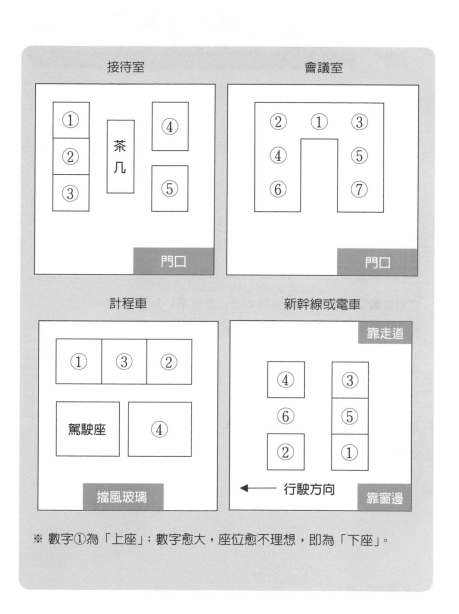

2-5 會面後的積極聯繫

❋ 會議後的彙整郵件

いつもお世話（せわ）になっております。

先（さき）ほどはありがとうございました。会議（かいぎ）の内容（ないよう）は以下（いか）の通（とお）りです。

1. _____

2. _____

これについては帰国後確認（きこくごかくにん）の上（うえ）、お返事（へんじ）いたします。

何（なに）かご不明（ふめい）な点（てん）がございましたら※、気軽（きがる）にご連絡（れんらく）ください。

明日帰国（あした きこく）いたします。

滞在中（たいざいちゅう）は大変（たいへん）お世話（せわ）になり、ありがとうございました。

またお会（あ）いできるのを楽（たの）しみにしています。

よろしくお願（ねが）いいたします。

※「ございます」是「あります」的客氣說法

80

◀▮▶　主旨：○月○日的會議報告　　　　　　　　　　　　　　　⟳

一直承蒙您的照顧。
剛剛（的會議）感謝您（的參與）。會議內容如下所示。
1. _____
2. _____

針對這個部分，我返國確認後再回覆您。
若有任何不清楚的地方，歡迎您和我們聯絡。

我明日要回國了。在日本的這段時間，感謝您的悉心照顧。
期待能夠再度與您見面。請您多多指教。

會話實況 live

▷ **再次以電話確認** ◎ MP3 **037**

A：奇美電子（キーメイでんし）の韓（カン）です。昨日（きのう）の会議記録（かいぎきろく）をメールで
　　お送（おく）りしました。ご確認（かくにん）いただけましたでしょうか。

B：【肯定】はい、拝見（はいけん）しました。

　　【否定】すみません※1、まだ見（み）ておりません。
　　後（あと）で確認（かくにん）いたします。

A：【肯定】本日（ほんじつ）帰国（きこく）いたします。会社（かいしゃ）に戻（もど）り、
　　またご連絡（れんらく）いたします。お会（あ）いできて良（よ）かったです。

　　ありがとうございます。

　　【否定】分（わ）かりました。よろしくお願（ねが）いします。

B：こちらこそ、ありがとうございました※2。

A：這裡是奇美電子，敝姓韓。我已經把昨天的會議紀錄用電子郵件寄給您了。

您是否已經確認過了呢？

B：【肯定】是的，我已經看了。

【否定】不好意思，我還沒有看。稍後我再去確認一下。

A：【肯定】今天我就要回國了。回到公司後，我再和您聯絡。

能和您見上一面真是太好了。謝謝您。

【否定】我知道了。麻煩你了。

B：彼此彼此，謝謝你。

※1 通常鄭重道歉時應使用「申し訳ありません」，但在此因為 B 的角色是客戶，

所以對 A 可使用「すみません」這樣較一般的道歉用語。

※2「ありがとうございました」裡使用了過去式，是單指「感謝對方特地來會面」；

若句尾使用現在式的話也沒有問題。

用手機聯繫　◎ MP3 **038**

A：今、お話ししても<u>大丈夫</u>でしょうか。

替 よろしい

B：【肯定】はい、大丈夫です。

【否定】すみません。今、<u>電車に乗っているので、</u>

替 電車の中なので（因為在電車上）

後ほどこちらから<u>掛け直します</u>※。

替 折り返し電話をします（回撥電話）

A：現在您方便說話嗎？

B：【肯定】嗯，沒問題。

【否定】不好意思。因為現在我在搭電車，稍後我會再回電給你。

※ 動詞ます形＋直します＝再次～ / 重新～一遍

手機收訊不良時　◎ MP3 **039**

> A：もしもし。申し訳ございません。電波が悪いので、
> 一旦お電話を切りまして、すぐにこちらから（折り返し）
> ご連絡させていただいてもよろしいでしょうか。
>
> 　　　替 させていただきたいと思います（我想）
>
> B：かしこまりました。
> A：よろしくお願いいたします。失礼いたします。
> B：失礼いたします。

實戰②

A：喂，很抱歉。因為收訊不是很好，我暫時先掛上電話，稍後我會馬上和您聯絡，好嗎？
B：我知道了。
A：麻煩您了。再見。
B：再見。

出差一點通：電車上的手機通話禮儀

在日本的電車、公車等大眾交通工具上，為了避免來電鈴聲或交談聲打擾到別人，乘客們都很有共識地將手機調成「マナーモード」【和manner＋mode】（靜音／振動模式），並且盡量不在車內講電話。順帶一提，雖然沒有明文禁止，但是大家也都盡量不在車內飲食，以免食物的味道飄散在空氣中造成旁人不快。

■ 今、よろしいですか。

　　　替 お時間よろしいでしょうか〔更正式客氣〕（您時間上是否方便）

〔當對方接起電話時〕現在方便接聽嗎？

■ 携帯からで失礼いたします。

　不好意思，我用手機打給您。

■ 恐縮ですが、携帯電話にご連絡をいただいてもよろしいですか。

　不好意思，可以請您打電話到我的手機嗎？

■ 先ほどは大変失礼しました。

〔斷線後再重撥時〕剛才真是失禮了。

■ お電話が途中で切れてしまったようで、失礼いたしました。

　不好意思，剛才電話好像講到一半就斷了。

■ すぐにご連絡できず、申し訳ございませんでした。

　剛才沒能馬上聯繫您，真是抱歉。

出差一點通：手機通話對客戶失禮？

為什麼用手機打電話給客戶會失禮呢？像是不穩定的收訊狀況及吵雜的背景聲響，都會影響與客戶之間的交談。其實，一般重要的事情都應該使用室內電話聯絡。主要是因為室內電話比較不會因收訊不良而突然斷線，而且也不會出現太多雜音，因而能確保通話的品質。不過，若是在不得已的情況之下使用手機聯繫客戶的話，必須事先找好收訊佳、較安靜的地方，才能撥打電話。

◀❙▶ 件名：○月○日会議の件について ↻

平素より大変お世話になっております。

先日はお時間をいただき、ありがとうございます。
会議で問題になった件についてですが、
社内会議の結果を添付しましたので、どうぞご覧ください。

ご不明な点・ご意見・ご要望などありましたら、ご相談ください。

どうぞよろしくお願いいたします。

中譯

◀❙▶ 主旨：關於○月○日會議的事宜 ↻

平時總是承蒙您的關照。

前些日子感謝您撥冗接待。
關於在會議上所提到的問題，
我將本公司內部會議的結果隨信附給您，請您過目。

若有不明白的地方、任何意見或其他要求等，請您提出來與我們商量。
敬請多多指教。

出差一點通：日本職場鐵則「菠菜法則」

所謂的「菠菜法則」，就是「**ほうれんそう（報・連・相）の法則**」，指日本公司中對員工最基本的要求。

「ほう」	「れん」	「そう」
↓	↓	↓
「報告」（匯報）	「連絡」（聯繫）	「相談」（商量）

◎ MP3 **184**

【匯報】凡事先說結論或壞消息，以便讓上司馬上處理。例如：

■ 今日、三浦工業との商談の件ですが、あまり良い状況ではありません。

　關於今天和三浦工業洽商之事，情況不太樂觀。

■ これからも三浦工業とは密に連絡を取り、
　商談成立に繋げたいと思います。

　今後我也會和三浦工業保持密切聯繫，希望能談成這筆生意。

※ 先報憂再提補救方式

【聯繫】「直行」（上班前直接從家裡到客戶公司）、「直帰」（接近下班時間外出拜訪客戶後直接返家）等情況也要聯繫。例如：

■ 明日、取引先が家に近いので、直行してもよろしいでしょうか。

　因為客戶公司離我家很近，明天可以直接過去（拜訪後再進辦公室）嗎？

※ 先說明理由再請求許可

【商量】工作中碰到問題時，隨時向上司或同事請求援助。

■ お時間のある時で結構ですので、相談に乗っていただけないでしょうか。

　您有空的時候就可以了，是否能夠請您幫我出個主意？

實戰練習題

❖ 日文解碼

	（日文假名）	（中文意思）
① 復唱	_____	_____
② 受付	_____	_____
③ 名刺	_____	_____
④ 応接室	_____	_____
⑤ 世話	_____	_____

❖ 關鍵助詞

① 生田（　　）ただ今、席（　　）外しております。
② 今1階（　　）ロビー（　　）着きました。
③ いつもお電話だけ（　　）失礼しております。
④ よろしければ、ご自宅用（　　）お使いください。
⑤ 昨日の会議記録（　　）メール（　　）お送りしました。

① 可以麻煩您幫我留言嗎？ _____

② 可以請您再等我一會兒嗎？ _____

③ 請多多指教。 _____

④ 請您笑納。 _____

⑤ 期待能夠再度與您見面。 _____

※ **有話直說**

（請依中文提示，寫出適當的日文句子。）

① 在電話中想確認對方可否立即抄寫時

_____

② 接到從他方轉過來的電話時要先說

_____

③ 不知道對方的名字該怎麼讀時

_____

④ 感謝對方今年也受到關照時

_____

⑤ 想告訴對方稍後會確認時

_____

實戰 ③

實戰暖身操

❀ 字彙預習

① **工場** こうじょう	③ 工廠	② **パンフレット**	④①小冊子；簡介	
③ **片付け** かたづ	⓪ 整理	④ **ポスター**	① 海報	
⑤ **売り上げ** うあ	⓪ 營業額	⑥ **グラフ**	① 圖表	
⑦ **一応** いちおう	⓪ 大致上	⑧ **一存** いちぞん	⓪ 個人的想法	
⑨ **出荷** しゅっか	⓪ 出貨	⑩ **領収書** りょうしゅうしょ	⓪ 收據	

❀ 句型預習

① **動詞ます形→ましょう＋か。**〔表婉轉邀約〕～吧，好嗎？

例 時間になりましたので、出発しましょうか。
じかん　　　　　　　　　　しゅっぱつ

　　時間到了，我們出發吧，好嗎？

② **い形容詞的語幹／な形容詞＋そうです（様態助動詞）。**

看起來好像～。

例 美味しそうですね。　看起來很好吃的樣子耶！
おい

③ **～について～。** 針對／關於～，～。

例 その点について特に意見はありません。
てん　　　　とく　いけん

　　針對此點，我沒有特別的意見。

④ **ご＋漢語動詞＋願います。** 麻煩您～。
ねが

例 是非ご一読願います。 麻煩您務必瀏覽。
ぜひ　いちどくねが

3-1 參觀工廠

 會話實況 live

▷ **在飯店會合** ◎ MP3 **041**

A：隨行翻譯的日本人　B：赴日出差的台灣人

A：おはようございます。郭さんですか。

B：はい、そうです。宮川さんですか。

A：はい、そうです。今日はよろしくお願いします。

B：こちらこそ、よろしくお願いします。

A：時間になりましたので、出発しましょうか。

B：はい。

A：歩いて駅まで行きましょう。

B：ええ、そうしましょう。

A：早安，你是郭先生 / 小姐嗎？

B：嗯，我是。是宮川先生 / 小姐嗎？

A：是，沒錯。今天要麻煩你了。

B：我才要麻煩你了。

A：時間到了，我們出發吧，好嗎？

B：好。

A：我們走去車站吧！

B：嗯，就走過去吧！

🖱 到了車站　◎ MP3 **042**

> B：どこまで行_いきますか。
>
> A：分倍河原駅_{ぶ ばい が わらえき}まで行_いきます。
>
> B：いくらですか。
>
> A：３６０円_{えん}です。

B：我們要（坐）到哪裡？

A：到分倍河原車站。

B：（車資）要多少錢？

A：360 日圓。

🖱 在電車裡　◎ MP3 **043**

> B：この付近_{ふ きん}によく来_きますか。
>
> 　替 近_{ちか}く
>
> A：【肯定】はい、よく来_きますよ。
>
> 　　【否定】い（い）え、私_{わたし}も初_{はじ}めてです。
>
> A：もうすぐ駅_{えき}なので、降_おりる準備_{じゅん び}をしましょう。
>
> B：あ、そうですか。分_わかりました。

B：〔指著窗外的景色〕你常來這附近嗎？

A：【肯定】對，我常來喔！

　　【否定】不，我也是第一次（來）。

A：快要到站了，我們準備下車吧！

B：啊，這樣子啊。我知道了。

B：これから工場までどうやって行きますか。

A：バスで行きます。

B：バスでどこまで行きますか。

A：明星小学校まで行きますよ。

B：いくらですか。

A：１００円です。先にお金を払いますので、準備してください。※

B：あ、そうですか。ありがとうございます。

B：現在要怎麼過去工廠呢？

A：搭公車去。

B：公車要搭到哪裡？

A：搭到明星小學喔！

B：要多少錢？

A：100 日圓。上車要先投錢，所以請你準備好（零錢）。

B：啊，是這樣子啊。謝謝你（的提醒）。

外 バス【bus】公車；巴士

※ 若是自己單槍匹馬搭公車，可注意公車上的告示，例如：

全程單一票價：「前払い」＝前門上車投錢／刷卡，後門下車。

以距離來計價：「後払い」＝後門上車領乘車證／刷卡，前門下車投錢／再刷卡。

下公車後　◎ MP3 **045**

A：郭さん、あそこに丸尾工場が見えますよ。

B：え、どこですか。

A：<u>斜め右</u>に工場が見えませんか。

　▲
　替 斜め左（左前方）／前（正前方）

B：あ、見えました。

A：じゃ行きましょう。

B：はい。

A：郭先生／小姐，（從這裡）可以看得到那邊的丸尾工廠喔！

B：咦，在哪裡？

A：右前方看不到工廠嗎？

B：啊，我看到了。

A：那我們走吧！

B：好。

抵達工廠　◎ MP3 **046**

　C：廠長

A：あそこに工場の人がいますね。

B：ええ[※]、そうですね。

C：こんにちは。

AB：こんにちは。

94

A：初めまして、私は宮川と申します。よろしくお願いします。

C：初めまして、月原と申します。

こちらこそ、よろしくお願いします。

A：こちらは台湾の郭さんです。

B：初めまして、郭と申します。台湾から来ました。

よろしくお願いします。

C：ではオフィスへ行きましょうか。

ＡＢ：はい。ではお邪魔します。

A：工廠的人在那邊耶！

B：嗯，對耶！

C：你好。

AB：你好。

A：初次見面（幸會幸會），敝姓宮川，請多多指教。

C：初次見面（幸會幸會），敝姓月原，也請你多多指教。

A：這是從台灣來的郭先生 / 小姐。

B：初次見面（幸會幸會），我姓郭，是從台灣來的。請多指教。

C：那麼我們就到辦公室去吧，好嗎？

AB：好的。那就打擾了。

外 オフィス【office】辦公室

※ 意同「はい」

D：祕書

Ｃ：こちらへどうぞ。

ＡＢ：失礼します。

Ｃ：どうぞお座りください。

ＡＢ：ありがとうございます。

Ｄ：どうぞ、お茶です。

ＡＢ：ありがとうございます。いただきます。

Ｃ：商品のパンフレットです。ご覧ください。

〜商品介紹完畢〜

Ｃ：では、工場のほうへ行きましょう。

ＡＢ：はい、お願いします。

Ｃ：這邊請。

ＡＢ：打擾了。

Ｃ：請坐。

ＡＢ：謝謝您。

Ｄ：請用茶。

ＡＢ：謝謝您。我要喝了。

Ｃ：這是產品手冊，請過目。

〜商品介紹完畢〜

Ｃ：那我們去工廠那邊吧！

ＡＢ：好，麻煩您（帶我們過去）。

外 パンフレット【pamphlet】手冊；小冊子

C：こちらで<u>靴を履き替えて</u>※ください。

　　替 これを着て（穿上這件）

　　替 手を消毒して（消毒雙手）

　　替 エアーで体を綺麗にして（用噴霧淨身）

ＡＢ：はい。

C：工場の中がうるさいので、このトランシーバーを使ってください。

B：ありがとうございます。

C：請在這裡換鞋。

AB：好的。

C：工廠裡面很吵，所以請使用這個無線電對講機。

B：謝謝您。

外 エアー【air】空氣

外 トランシーバー【transceiver】無線電對講機

※ 動詞ます形＋かえる＝更換～

　　例如：「乗り換える」（換車）、「着替える」（換衣服）等

向廠長提問 1　　◎ MP3 **049**

> B：これは何ですか。
>
> C：これは原料を殺菌する機械です。

B：這是什麼？

C：這是原料殺菌機。

向廠長提問 2　　◎ MP3 **050**

> B：原料をどうやって加工するんですか。
>
> C：まず、原料を小さくカットして、その後、その原料を煮沸します。

B：原料是怎麼加工的呢？

C：首先將原料切成小丁，之後再將其煮沸。

外 カット【cut】切割

向廠長提問 3　　◎ MP3 **051**

> B：あの機械はどんな役割がありますか。
>
> C：あの機械は商品をパッキングした後に検査するものです。

B：那個機器有什麼樣的功用／是用來做什麼的？

C：那個機器是用來檢查包裝後的產品。

外 パッキング【packing】捆；組；包裝

☆ **向廠長提問 4** ◎ MP3 **052**

> B：あの機械は台湾にもないもので、初めて見ました。
>
> C：これはつい最近新しく取り寄せしたものです。

B：那台機器連台灣也都還沒有（引進），（今天）第一次看到。

C：這是最近新訂購的機器。

☆ **向廠長提問 5** ◎ MP3 **053**

> B：1時間で<u>何トンの量</u>ができますか。
>
> ⬆️ 替 どのくらい生産できますか（能生產多少）
>
> C：2トンぐらいです。

B：一個小時可以生產幾噸的量？

C：兩噸左右。

外 トン【ton】公噸

☆ **向廠長提問 6** ◎ MP3 **054**

> B：一日で、どのぐらいの商品が作れますか。
>
> C：約20トン（の商品）が作れます。

B：（直譯：一天當中可以生產多少商品）單日可生產多少貨量？

C：可生產約二十噸（的貨量）。

介紹員工餐廳　　◎ MP3 **055**

C：こちらは食堂です。この食堂には、ラーメンや 丼 物、そば、
　　カレーライスなどがあります。

B：何のメニューが人気ですか。

C：ラーメンが人気です。

B：いくらですか。

C：５５０円です。

C：這裡是餐廳。這間餐廳有（供應）拉麵、蓋飯、蕎麥麵、咖哩飯等。

B：哪一種餐點最受歡迎？

C：拉麵最多人點。

B：（一碗）要多少錢？

C：550 日圓。

外 ラーメン【〔中〕拉麵／老麵】拉麵

外 カレーライス【和 curry and rice】咖哩飯

外 メニュー【法 menu】菜單

準備結束參訪　　◎ MP3 **056**

C：何か分からないことがありますか。

B：特にありません。

C：この後のご予定は（ありますか）。

　　　　　　替 何ですか（是什麼）

B：【肯定】はい、これから次の工場見学へ行きます。

タクシーで分倍河原駅へ戻ります。

その後、茅ヶ崎の工場へ行きます。

【否定】い（い）え、ありません。

～若聽到對方肯定的回答時～

C：あ、そうですか。<u>大変ですね。</u>

替 忙しいですね（真忙碌）

今、タクシーを呼びましたから、少し待って（て）ください。

B：どうもありがとうございます。

C：有什麼還不太清楚的地方嗎？

B：沒有特別要問的了。

C：等一下您還有行程嗎？

B：【肯定】嗯，接著要去下一家工廠參觀。

要搭計程車回到分倍河原站，

之後前往茅崎的工廠。

【否定】不，沒有。

～若聽到對方肯定的回答時～

C：啊，這樣子啊。真是辛苦。

我剛剛已經叫了計程車，請等一下。

B：非常感謝您。

👆 上計程車時　◎ MP3 **057**

> A：どうぞ、どうぞ。
>
> B：<ruby>申<rt>もう</rt></ruby>し<ruby>訳<rt>わけ</rt></ruby>ありません。
>
> ▲
> 替 <ruby>恐<rt>おそ</rt></ruby>れ<ruby>入<rt>い</rt></ruby>ります

A：〔車門自動開啓後，日方親切地招呼上車〕請上車。

B：不好意思。

👆 道別前的致謝　◎ MP3 **058**

> B：<ruby>本日<rt>ほんじつ</rt></ruby>は<ruby>大変<rt>たいへん</rt></ruby>お<ruby>世話<rt>せわ</rt></ruby>になりました。ありがとうございます。
>
> C：<ruby>本日<rt>ほんじつ</rt></ruby>は<ruby>遠<rt>とお</rt></ruby>いところ（から）わざわざありがとうございます。
>
> ▲
> 替 ご<ruby>足労<rt>そくろう</rt></ruby>いただきまして、（您的蒞臨）
>
> B：いいえ、とんでもないです。

B：今天受到您熱情的招待，謝謝您。

C：感謝您今天專程遠道而來。

B：不，哪裡哪裡。

出差一點通：君子動口不動手

有些台灣人會熱情地與人握手道別。不過，多數日本人對於肢體碰觸／肌膚之親「**スキンシップ**」【和 skin＋ship】感到相當敏感。對此建議採取「敵不動，我不動」的策略，也就是等對方伸手，我們再伸手，這樣會比較理想。當然，像歐美人士般以擁抱「**ハグ**」【hug】來道別的機會就更微乎其微了。

3-2 參加商展

 會話實況 live

碰面前手機聯絡 ◎ MP3 059

A：隨行翻譯的日本人　B：赴日出差的台灣人

> A：もしもし、孫_{ソン}さんですか。
>
> B：はい、そうです。
>
> A：保坂_{ほさか}です。幕張_{まくはり}メッセのA館_{かん}の受付_{うけつけ}にいます。着_つきました。
>
> B：もうすぐ着_つきます。
>
> A：はい、分_わかりました。

A：喂，是孫先生 / 小姐嗎？

B：嗯，我是。

A：我是保坂。我現在人在幕張展覽館 A 館的服務台。我已經到了。

B：我馬上就到。

A：好，我知道了。

外 メッセ【德 Messe】大規模的展場或會議廳

抵達會合地點　◎ MP3 **060**

> A：すみません、孫さんですか。
>
> B：あ、はい。あなたは保坂さんですか。
>
> A：はい、そうです。今日はよろしくお願いします。
>
> B：こちらこそ、よろしくお願いします。
> 　　台湾ブースまで行きましょうか。
>
> A：はい、お願いします。

A：不好意思，（你）是孫先生／小姐嗎？

B：啊，是的。你是保坂先生／小姐嗎？

A：嗯，我是。今天要麻煩你了。

B：哪裡，我才要麻煩你了。我們過去台灣的攤位吧，好嗎？

A：好的，麻煩你（帶路）了。

外 ブース【booth】隔間；攤位

抵達攤位　◎ MP3 **061**

> A：何か手伝うことがありますか。
>
> B：では、<u>お箸を準備して</u>ください。
>
> 　　**替** 椅子を運んで（搬椅子）
>
> 　　**替** サンプルを出して（拿出樣品）
>
> 　　準備が終わりましたので、商品を説明します。※
>
> A：（はい、）お願いします。

A：有沒有什麼需要幫忙的地方？

B：那麼，請你準備筷子。因為準備都告一個段落了，我來解釋一下產品。

A：（好的，）麻煩你了。

※ 隨行翻譯可能對產品不甚了解，所以先向他說明。

▷ 遇到廠商 1　　◎ MP3 062

C：相關廠商或專業人士

C：それは何ですか。

B：これはスターフルーツです。どうぞ召し上がってください。

C：いただきます。<u>美味しい</u>ですね。それは何ですか。

替 ちょうどいい（酸甜適中）

B：グアバです。

C：美味しそうです※ね。

B：美味しいですよ。

C：那是什麼？

B：這是楊桃。請用。

C：我要吃了。很好吃耶！那是什麼？

B：芭樂。

C：看起來很好吃的樣子耶！

B：很好吃喔！

外 スターフルーツ【star fruit】楊桃

外 グアバ【guava】芭樂

※ い形容詞的語幹／な形容詞＋そうです（樣態助動詞）＝看起來好像～

B：よろしければ、名刺交換してもよろしいですか。

C：どうも初めまして、私は花輪社の井沢です。

　　よろしくお願いします。

B：東南商会の孫です。こちらこそ、よろしくお願いします。

　　花輪社の井沢様ですね。

C：はい、そうです。

B：こちらの商品はおすすめですよ。

C：他に何かありますか。

B：こちらのオレンジはいかがですか。

C：はい。これも美味しいですね。

B：方便的話，可以和您交換一下名片嗎？

C：您好，初次見面（幸會幸會）。我是花輪社的井澤。

　　請多指教。

B：我是東南商會的人，敝姓孫，也請多指教。

　　您是花輪社的井澤先生／小姐吧！

C：嗯，是的。

B：這邊的產品都值得推薦喔！

C：其他還有什麼產品？

B：這邊的柳丁您覺得如何？

C：好的。這個也很好吃耶！

外 オレンジ【orange】柳丁；橘子

▷ 歡迎民眾試吃 　◎ MP3 **064**

D：一般的民眾

> B：こんにちは。良かったら、どうぞ（食べてみてください）。
>
> D：これは何ですか。
>
> B：これはパイナップルです。
>
> D：これ（は）、美味しいですね。
>
> B：ありがとうございます。

B：你好。不介意的話，請（試吃）。

D：這是什麼？

B：這是鳳梨。

D：這個，好好吃喔！

B：謝謝你。

實戰③

▷ 關於販售地點 　◎ MP3 **065**

> D：すみません、その商品は日本でも売っていますか。
>
> B：【肯定】はい、スーパーで売っています。
>
> 　　【否定】い（い）え、売っていません。

D：不好意思，這個產品日本也有在賣嗎？

B：【肯定】有，超市有在賣。

　　【否定】不，沒有在賣。

外 スーパー（原：スーパーマーケット）【supermarket】超級市場

D：これはいくらですか。

B：２０００円です。

D：高いですね。

B：これは台湾の台中で作られたものです。気候が暖かくて、
　　桃にとってはいい条件です。

D：そうですか。

D：這個多少錢？

B：2000 日圓。

D：好貴啊！

B：這是在台灣的台中栽種的。（那裡）氣候暖和，（直譯：對桃子來說是很好的
　　條件）很適合種桃子。

D：是這樣子啊。

D：これ、安くないですね。

B：すみません。少々お待ちください。３０００円のところ※ですが、
　　少し安くできます。２８００円です。

D：這個，不便宜耶！

B：不好意思，請稍等一下。原價 3000 日圓，不過可以稍微便宜一點，算你
　　2800 日圓。

※「ところ」即指「原價」這個抽象的部分

民眾購買產品　◎ MP3 **068**

> D：これをください。
>
> B：１０００円<ruby>円<rt>えん</rt></ruby>ですよ。はい、１０００円<ruby>円<rt>えん</rt></ruby>ちょうど[※]<u>いただきます</u>。
>
> 　　　　　　　　　　　　　　　　　　　▲ <ruby>頂戴<rt>ちょうだい</rt></ruby>
> 　　　　　　　　　　　　　　　　替 頂戴します
>
> <ruby>重<rt>おも</rt></ruby>いですので、<ruby>気<rt>き</rt></ruby>を<ruby>付<rt>つ</rt></ruby>けてください。

D：（直譯：請給我這個）我要買這個。

B：1000 日圓喔！好的，收您 1000 日圓整。（東西）很重，所以請小心（拿）。

※「ちょうど」不能置於錢數之前

接近尾聲時　◎ MP3 **069**

> B：そろそろ<ruby>終<rt>お</rt></ruby>わりましょうか。（<ruby>手分<rt>て わ</rt></ruby>けして）<ruby>片付<rt>かた づ</rt></ruby>けましょう。
>
> A：はい、そうしましょう。[※]
>
> B：<u>ゴミをあそこに<ruby>捨<rt>す</rt></ruby>てて</u>ください。
>
> 　　替 テーブルの<ruby>上<rt>うえ</rt></ruby>を<ruby>拭<rt>ふ</rt></ruby>いて（擦桌面）
>
> 　　替 コップ、お<ruby>皿<rt>さら</rt></ruby>を<ruby>洗<rt>あら</rt></ruby>って（洗杯盤）
>
> 　　替 ポスターなどを<ruby>剥<rt>は</rt></ruby>がして（將海報等撕下來）
>
> 　　替 <ruby>荷物<rt>に もつ</rt></ruby>を<ruby>準備<rt>じゅん び</rt></ruby>して（收拾隨身物品）
>
> A：はい。
>
> B：<ruby>給料<rt>きゅうりょう</rt></ruby>は<ruby>片付<rt>かた づ</rt></ruby>けが<ruby>終<rt>お</rt></ruby>わってから<ruby>話<rt>はな</rt></ruby>します。

B：差不多該結束了吧？我們（分工）一起善後吧！

A：好的，就這麼辦吧！

B：請你把垃圾拿到那邊去丟。

A：好的。

B：酬勞（的事）等整理完之後再說明。

外 テーブル【table】桌子

外 コップ【荷 kop】杯子

外 ポスター【poster】海報

※ 只說：「はい」或「そうしましょう」也可以

⤷ 簽領酬勞時　◎ MP3 **070**

> B：ちょっと来てもらえますか。
>
> A：はい。
>
> B：こちらに記入してください。
>
> 　　　　替 サイン【sign】簽名
>
> A：はい。これでいいですか。
>
> B：はい。大丈夫です。

B：可以請你過來一下嗎？

A：好的。

B：這張請你填一下。

A：好的。〔填妥之後〕這樣就好了嗎？

B：好。〔看完單據後〕沒問題。

B：どうぞ。

A：ありがとうございます。

B：お疲れ様<ruby>疲<rt>つか</rt></ruby><ruby>様<rt>さま</rt></ruby>です。

A：お疲れ様<ruby>疲<rt>つか</rt></ruby><ruby>様<rt>さま</rt></ruby>です。

B：〔把酬勞交給對方〕請（收下）。

A：謝謝你。

B：辛苦了。

A：辛苦了。

出差一點通：八面玲瓏，面面俱到！

到日本出差時，可能會被安排日籍口譯人員「**通訳**<ruby>通<rt>つう</rt></ruby><ruby>訳<rt>やく</rt></ruby>」在旁接待。也許對方曾有留學經驗，較能了解我們的文化或語言。但「隔行如隔山」，並非精通所有的專業用語，所以應該提早一週把資料寄給對方預習，讓對方有個心理準備。這份替對方著想的「**思いやり**<ruby>思<rt>おも</rt></ruby>」（同理心）也是相當重要的。

日本人在工作結束後常會跟夥伴說「辛苦了」，在日語裡有兩種說法，一種是使用上較無限制的「**お疲れ様（です・でした）**<ruby>疲<rt>つか</rt></ruby><ruby>様<rt>さま</rt></ruby>」；另一種則是「**ご苦労様（です・でした）**<ruby>苦<rt>く</rt></ruby><ruby>労<rt>ろう</rt></ruby><ruby>様<rt>さま</rt></ruby>」，意思相同，但是僅限於上位者對下位者使用，因此切忌對主管、客戶說喔！

3-3　發表簡報

❋ 成功簡報九大要素　◎ MP3 **072**

1. 開場寒暄

例 皆様（みなさま）、こんにちは。私（わたくし）、周（シュウ）※と申（もう）します。どうぞよろしくお願（ねが）い

いたします。

各位好，敝姓周，請多多指教。

※ 會前彼此照過面，故只說姓即可。

2. 開宗明義

例 本日（ほんじつ）は、来年（らいねん）の新製品（しんせいひん）の企画（きかく）について<u>プレゼンテーション</u>させて

替 発表（はっぴょう）／説明（せつめい）

いただきます。

今日針對明年新產品的企劃容我為各位作簡報。

外 プレゼンテーション【presentation】在會議上說明企劃案等

3. 發表時間

例 お話（はな）しする時間（じかん）は６０分（ぷん）でございます。

向各位報告的時間為六十分鐘。

4. 內容大綱（大架構、段落、章名）

例 初（はじ）めに…、次（つぎ）に…、そして最後（さいご）に…

一開始……、接著……、最後……

5. 依序說明（內文、細節）

例 まず…、次（つぎ）に…、そして…

首先……、接著……、然後……

6. 輔助道具

例 ここで、こちらの<u>グラフ</u>をご覧（らん）ください。

替 次（つぎ）に（接著）　　替 パワーポイント（PPT 簡報檔）／資料（しりょう）（資料）／写真（しゃしん）（照片）

在這邊請各位看一下這個圖表。

7. 總結內容

例 これまでお話（はな）ししてきました内容（ないよう）を要約（ようやく）いたしますと、…

我將今天發表的所有內容為各位整理一下重點，……

8. 提問時間

例 ご質問（しつもん）がございましたら、どうぞ。

如果有疑問的話，歡迎提出。

9. 完美結束

例 以上（いじょう）で発表（はっぴょう）を終（お）わらせていただきます。ご清聴（せいちょう）ありがとうございました。

我的簡報到此結束，謝謝您的聆聽。

出差一點通：簡報中從容應答

上列「8. 提問時間」與「9. 完美結束」可視情況互換順序。在簡報中也有可能大家會隨時舉手發問。此時你可能會聽到：◎ MP3 **184**

「ちょっと待（ま）ってください。」（請等一下）

「ちょっとよろしいでしょうか。」（可以請您停一下嗎？）〔比較有禮〕

因此除了以上九大要素之外，一個出色的簡報者還須做好心理準備，試著臨危不亂地解答各種問題。

■ 皆<ruby>みな</ruby>さん、おはようございます。

各位早安。

■ 本日<ruby>ほんじつ</ruby>はお忙<ruby>いそが</ruby>しいところお集<ruby>あつ</ruby>まりいただき、ありがとうございます。

非常感謝今日各位百忙之中出席（會議）。

■ これから、サマーキャンペーンのご報告<ruby>ほうこく</ruby>をさせていただきます。

では、<u>始<ruby>はじ</ruby>めさせていただきます</u>。

　　　　替 開始<ruby>かいし</ruby>いたします

現在向各位報告夏季促銷活動的事項。那麼，我就開始了。

外 サマー【summer】夏天

外 キャンペーン【campaign】宣傳活動

■ よろしいでしょうか。

（各位都準備）好了嗎？

■ お手元<ruby>てもと</ruby>の資料<ruby>しりょう</ruby>をご覧<ruby>らん</ruby>ください。

請參閱您手邊的資料。

■ では、私<ruby>わたくし</ruby>の意見<ruby>いけん</ruby>を<u>申<ruby>もう</ruby>し上<ruby>あ</ruby>げます</u>。

　　　　　　替 発表<ruby>はっぴょう</ruby>させていただきます（讓我陳述）

那麼，我向各位報告我的意見。

■ では、さっそく本題<ruby>ほんだい</ruby>に参<ruby>まい</ruby>りましょう。

那麼，我們就事不宜遲切入正題吧！

⬀ 解釋圖表　◎ MP3 **074**

■ こちらのグラフについて説明させていただきます。

我為各位說明一下這張圖表。

外 グラフ【graph】圖表

■ こちらのグラフは大学生３００人に※ 行ったアンケートの結果です。

這張圖是以 300 位大學生為對象，進行問卷調查後所得到的結果。

外 アンケート【法 enquête】問卷調查

※「に」：表示動作的對象

■ グラフから分かるように、参加者はどんどん増えていきます。

如圖表所示，我們可以發現（直譯：參加者將不斷地增加下去）今後將有愈來愈多的人來參加。

■ それでは、次のグラフをご覧ください。

接下來，請看下一張圖。

實戰
③

會話實況 **live**

⬀ 有人看不到投影片的圖表時　◎ MP3 **075**

> A：すみません。今のスライドの下のほうが見えません。
>
> B：はい。ここですか。
>
> A：はい、そこです。分かりました。ありがとうございます。

A：不好意思。我看不到現在投影片下方（的內容）。

B：好的。〔自己往旁邊移動後，確認對方是否能看見〕是這裡嗎？

A：嗯，是那裡。我知道（上面的內容）了。謝謝你。

外 スライド【slide】幻燈片；投影片

⬡ 柱狀圖：棒グラフ ◎ MP3 **076**

■ 縦軸は年度を、横軸は予算額を示しています。

縱軸表示年度；橫軸表示預算金額。

■ 縦軸には日にち、横軸には出荷数量が入ります。

（直譯：縱軸帶進了日期；橫軸帶進了出貨量。）縱軸為日期；橫軸為出貨量。

■ 一番売り上げが良かったのは２０１１年度です。

營業額的最高峰出現在 2011 年度。

⬡ 圓餅圖：円グラフ ◎ MP3 **077**

■ Bは全体の６０パーセントを占めています。

B 占整體的 60%。

外 パーセント【percent】百分比

■ A 社が市場シェアの半分以上を占めています。

A 公司占了一半以上的市場。

外 シェア【share】市場占有率

■ ほとんどの学生が「そうは思わない」と答えました。

幾乎所有的學生都回答：「我不這麼認為」。

⬡ 曲線圖：折れ線グラフ ◎ MP3 **078**

■ 今年の会員数は去年より３０パーセント減少しました。

今年的會員數比去年減少了 30%。 **替** ▲ 増加（増加）

■ こちらの折れ線※グラフを見てください。ブログの訪問者数の推移を表しています。

請看這張曲線圖。這顯示造訪部落格的人數變化。

116

ブログ【blog】部落格

※ 若之前看的是柱狀圖或圓餅圖等，上句中必須加入「折れ線」一詞來特別
　 強調下一張是「曲線」圖；若單單只有一張圖，「折れ線」就可以省略。

■ ２０１０年度に比べて、２０１１年度は売り上げが上昇しました。

替 から※　　　　　　　　替 にかけて※

（從 2010 年到 2011 年）

和 2010 年度相比，2011 年度的營業額提高了。

※ 句型「～から～にかけて」：從～到～，籠統地表示某段時間或空間的範圍。

資料有誤時　　◎ MP3 **079**

■ 大変申し訳ありませんが、資料に３箇所、誤りがございますので、
恐れ入りますが、訂正をお願いいたします。

非常抱歉，資料裡三個地方有誤，所以不好意思，麻煩各位訂正一下。

■ まず、３ページの上から４行目、「Ａ」とありますが、
削除をお願いします。

首先，第三頁從上面數來第四行的「Ａ」，麻煩請刪掉。

ページ【page】頁

■ 次に、６ページの下から５行目、「Ｂ」とありますが、
「Ｃ」と訂正をお願いします。

再來，第六頁從下面數來第五行的「Ｂ」，麻煩請改成「Ｃ」。

■ そして、１２ページの表に「Ｆ」とありますが、
その後に「Ｇ」と追加をお願いします。

接著，第十二頁表中有個「Ｆ」，麻煩各位在那之後多加個「Ｇ」。

▷ 問答時間　◎ MP3 **080**

　A：主持人　B：聽眾　C：講者

A：これから質疑応答（しつぎ おうとう）に入（はい）ります。

B：発表（はっぴょう）ありがとうございました。

　　替 プレゼン（原：プレゼンテーション）【presentation】簡報

　　その発表（はっぴょう）の中（なか）のデータは前年度（ぜんねんど）（の）ですか。

C：【肯定】はい、そうです。

　　【否定】い（い）え、今年度（こんねんど）（の）です。

A：現在進入問答時間。

B：謝謝你的發表。剛剛發表當中所使用的數據是上個年度的嗎？

C：【肯定】是的，沒錯。　【否定】不，是今年度的。

外 データ【data】數據；資料

▷ 歡迎提問　◎ MP3 **081**

■ こちらの表（ひょう）で分（わ）かりにくい※ 部分（ぶぶん）はございますか。

　這張表裡有難懂的部分嗎？

　※ 動詞ます形＋にくい＝難以～

■ 以上（いじょう）について、何（なに）かご質問（しつもん）はございませんか。

　針對以上的報告，（各位）有沒有什麼疑問？

■ ここまで（で）何（なに）かご質問（しつもん）がございましたら、どうぞ発言（はつげん）ください。

　到目前為止如果有什麼任何的疑問，請踴躍發言。

118

■ ご質問のほうは発表終了後ということでよろしくお願いします。
しつもん　　　　　　　はっぴょうしゅうりょうご　　　　　　　　　　　　　　　　　　　　　　　　　　　　ねが

　　　替 があれば、発表の後にお受けしますので、
　　　　　　　　　　　　　　はっぴょう　　あと　　う

（直譯：提問時間在發表結束後，請多配合。）

麻煩各位在發表結束後再提出您的疑問。

回答問題　　◎ MP3 **082**

■ その点について特に意見はありません。
　　てん　　　　　　とく　いけん

針對此點，我沒有特別的意見。

■ この回答でよろしいでしょうか。
　　　かいとう

　　　替 大丈夫（可以）
　　　　　だいじょうぶ

這樣的回答好嗎？

■ 後ほど調査し、ご報告申し上げます。
　　のち　　ちょうさ　　　　ほうこくもう　あ

〔遇到無法當場回答的問題時〕我後續會調查，再向您報告。

結束　　◎ MP3 **083**

■ 以上で、私のほうからの説明を終わらせていただきます。
　　いじょう　　わたくし　　　　　　　　せつめい　お

我方的說明到此結束。

■ これから、アンケートを配布いたしますので、
　　　　　　　　　　　　　　はいふ

　どうぞよろしくお願いいたします。
　　　　　　　　　ねが

接下來，我將問卷發給各位，敬請配合填寫。

■ また、いろいろご報告をさせていただきます。
　　　　　　　　　　ほうこく

　よろしくお願いします。
　　　　　ねが

我會再向各位一一匯報，請多多指教。

3-4 協商合約

關於合約細節　◎ MP3 **084**

A：では、契約内容の詳細についてご意見を伺いたいのですが…

B：ええ。

A：まず、私どもの提示[1]させていただいた価格については
いかがでしょうか。

B：ええ、まあ妥当な線[2]だと思います。これでいいですよ。

A：ありがとうございます。

A：那麼，我想請教您有關合約細節的意見。

B：好的。

A：首先，關於上回我們所報的價，您覺得如何？

B：嗯，我覺得還算合理。這樣（的價格）沒問題喔！

A：謝謝您。

※1「提示する」：當場提出給對方看

※2 請多留意像這種中文裡少見的說法

A：契約の期間なんですが…

B：ええ。

A：契約期間は５年ということでいかがでしょうか。

B：そうですねえ。ちょっと長いように思われる※んですが…

A：そうですか。私どもとしましては、一応、５年以上を原則としておりまして…

B：ああ、そうですか。

A：關於合約的效期……

B：是的。

A：合約效期是五年，是否沒問題？

B：嗯，我覺得好像有點長……

A：這樣子啊。以我們的立場而言，原則上一次都是簽五年以上……

B：啊，這樣子啊。

※ 原本是「思う」（我自己認為），加上「～（ら）れる」（自発・可能の助動詞），變成了「思われる」，或是同類型的動詞：「考える→考えられる」、「見る→見られる」、「する→される」等，皆指「自然發生的想法、情感」（自発），或是「可以這麼想」（可能）。

至於「思われている／考えられている／見られている／されている」的「ている」有「重複」的意思，可譯為「被大家認為」、「一般認為」。

話說回來，「ように思われる」可視為句型，其相近的說法如：「～ような気がする」，譯為「好像」。比起「思う」，更能感受到說話者的委婉語氣。

▶ 合約上有模稜兩可的條文　◎ MP3 086

A：この点に関して、分からないことがあるんですが、
　　お伺いしてもよろしいですか。

B：はい、どうぞ。

A：關於這一點，我有地方不太清楚，可以請教您嗎？
B：好的，請說。

▶ 無法當場下決定時　◎ MP3 087

A：この点に関しましては、もう少し検討させていただけません
　　でしょうか。

B：そうですか。

A：ええ。私の一存では、ちょっと決めかねます※ので…

B：分かりました。

A：有關此點，可否讓我稍微再斟酌一下呢？
B：這樣子啊。
A：是的。（直譯：以我個人的判斷決定不了）這不是我能作主的，所以……
B：我明白了。
※ 動詞ます形＋かねます＝難以～；不能～

122

▷ 無法立即簽約時　◎ MP3 **088**

> A：契約については、もう一度考えさせていただけないでしょうか。
>
> 　　　　　　　　　　　　▲ 検討
> 　　　　　　　　　　　替 検討
>
> B：そうですか。では、良い返事をお待ちしております。

A：針對合約一事，可否讓我再評估一下？

B：這樣子啊。那麼，我們靜候您的好消息。

▷ 想確認回覆時間　◎ MP3 **089**

> A：いつまでに※お返事（を）いただけますか。
>
> B：一週間以内にはお返事いたします。

A：什麼時候之前能收到您的回覆呢？

B：一個星期之內將給您回覆。

※ ～までに～：在某個時間之前做某個動作

▷ 你還可以這麼說　◎ MP3 **090**

■ 本日、契約内容をまとめた書類をお持ちいたしましたので、是非ご一読願います※。

今天我將整理好的合約文件帶過來了，麻煩您務必瀏覽。

※ ご＋漢語動詞＋願います＝麻煩您～

■ 何か契約内容で分からないことがありましたら、おっしゃってください。

如果合約裡有任何不了解的地方，請您告訴我們。

■ この点に関してなんですが、先日お話させていただいた内容と
少々違っているようなんですけれども、確認していただいても
よろしいですか。

關於此點，和先前我向您提過的內容好像有點出入，可以麻煩您確認一下嗎？

■ 金額はこちらでよろしいでしょうか。

替 数量（數量）

金額就此定案，好嗎？

■ 契約書に何か付け加えたいことはございますか。

您有沒有什麼想補充在合約裡的？

出差一點通：重要文件填寫與整理小撇步

在日本，填寫申請書、契約等重要文件時，基本上使用「黑筆」。而不
小心寫錯字時，使用修正液或修正帶塗改原則上是不被允許的。此時
只要在寫錯的地方上畫兩條槓，再補一個印章就可以了。

另外，一般而言，重要文件都會裝進「クリアファイル」【clear file】
（透明資料夾 / L 夾）後再寄送。另外，利用迴紋針來固定文件也很
常見，不過有些人擔心別了迴紋針後會留下不好看的痕跡，所以會先
在文件上加上一張便利貼，再用迴紋針固定，讓文件能完美無瑕。

·········· 和朋友小聚 ··········

和友人會合　◎ MP3 091

A：日本友人　B：台灣人

A：久しぶり！元気だった？

B：元気。どこ（に）、行く？

A：お腹（が）、空いた？

B：お腹（が）、空いてる。ご飯(を)、食べに行こう。

A：何を食べたい？

B：何でもいいよ。

A：じゃあ、あそこのオムライスが美味しいから、あそこに行こう。

A：好久不見！你過得好嗎？

B：我很好。要去哪兒？

A：你肚子餓了嗎？

B：我餓了。我們去吃飯吧！

A：你想吃什麼？

B：什麼都好啊！

A：這樣好了，那裡的蛋包飯很好吃，我們就去那兒吧！

外 オムライス【和 オム（オムレツの略）＋ライス】蛋包飯

A：最近（は）、どう？

B：仕事が忙しくて、休む時間があんまり※1 ない。

A：大変だね。スカイツリー（に）行ったこと（が）ある？

B：ないよ。

A：食べ終わったら、一緒に行く？

　　　　　　　　替 行かない

B：いいね。ここからどのぐらいかかる？

A：３０分※2 ぐらいだよ。

A：最近，如何？

B：工作很忙，都沒什麼時間休息。

A：真是辛苦呢！你去過晴空塔嗎？

B：沒去過耶！

A：吃完飯要一起去嗎？

B：好啊！從這邊過去要多久？

A：要半小時※ 左右喔！

外 スカイツリー（原：東京スカイツリー）【Tokyo Sky Tree】東京晴空塔

※1「あんまり」是「あまり」的口語說法

※2 中文的「半小時」不能說成「半時間」喔！另外，「分鐘」的讀法：

分	ふん	2分、5分、7分、9分
	ぷん	1分、3分、4分、6分、8分、10分、何分

⌕ 到了晴空塔後　◎ MP3 **093**

C：路人

> A：写真（を）撮ろう！
>
> B：じゃあ、あの人に頼もう！
>
> A：すみません。写真を撮ってもらえますか。
>
> C：はい、ここを押せばいいですね。こんな感じでいいですか。
>
> ＡＢ：はい、お願いします。
>
> C：はい、チーズ。
>
> ＡＢ：ありがとうございました。
>
> B：展望台に行こう！
>
> A：チケットを買わなきゃ※1。
>
> B：なら※2、ここでいいよ。

A：我們來拍照吧！

B：那請那個人幫忙吧！

A：不好意思，可以請你幫我們拍張照嗎？

C：好，按這邊就好了對吧？這個角度好嗎？

AB：好，就麻煩你了。

C：來，笑一個。

AB：謝謝你。

B：我們去觀景台吧！

A：（我們）得去買票。

B：買票的話，在這裡就好囉！

外 チーズ【cheese】起司

※1「買わな<u>きゃ</u>」是常見的口語說法，完整說法為「買わな<u>ければならない</u>」。

※2「なら」的完整說法為「それなら」

▶ 挑伴手禮送給台灣的同事　◎ MP3 **094**

B：会社にお土産を買いたいなぁ。

A：近くのお土産屋さんに行ってみよう！

〜進到店裡〜

B：たくさんあるね。

A：これ（は）、美味しそうだね。

B：お土産はこれにしようかな。

A：いいと思うよ。

B：我想給公司帶點伴手禮耶！

A：我們去旁邊的紀念品店看看吧！

〜進到店裡〜

B：東西可真多啊！

A：這個看起來好像很好吃耶！

B：我就挑這個帶回去送人好了。

A：我覺得很好啊！

出差一點通：莊重與距離感一線之隔

在日本商務場合說「敬語」是「社会人」（社會人士）的基本常識。
但與同輩或熟識的朋友相聚時說敬語或使用「です・ます」型的客氣
說法，反而會讓人感到距離感，所以直接用「普通体・常体」即可。

D：店員

B：すみません。これ（は）、<ruby>何個<rt>なんこ</rt></ruby><ruby>入<rt>い</rt></ruby>りですか。

D：こちらは１２<ruby>個入<rt>こい</rt></ruby>りです。

B：１５<ruby>個入<rt>こい</rt></ruby>りのはありますか。

D：【肯定】はい、こちらにございます。

　　【否定】[※]<ruby>申<rt>もう</rt></ruby>し<ruby>訳<rt>わけ</rt></ruby>ございません。

　　　　　　１５<ruby>個入<rt>こい</rt></ruby>りは<ruby>ご用意<rt>ようい</rt></ruby>がございません。

B：【肯定】はい、ありがとうございます。

　　【否定】あ、そうなんですか。<ruby>分<rt>わ</rt></ruby>かりました。

　　　　　　ありがとうございます。

實戰 ❸

B：不好意思，這裡面裝了幾粒？

D：這個是十二粒裝。

B：有十五粒裝的嗎？

D：【肯定】有，在這裡。

　　【否定】抱歉。我們沒有十五粒裝的。

B：【肯定】好，謝謝你。

　　【否定】啊，這樣子啊。我知道了。謝謝你。

※ 店員一開頭不說「いいえ」（不），是怕語氣太強而對客人失禮。

 會話實況 **live**

▷ 在一般餐廳用餐　◎ MP3 **096**

A：何名様ですか。
　　なんめいさま

B：一人です。
　　ひとり

A：禁煙席と喫煙席（と）どちらにしますか。
　　きんえんせき　きつえんせき

B：禁煙席でお願いします。
　　きんえんせき　　ねが

A：こちらへどうぞ。ご注文が決まりましたら、ボタンを押して
　　　　　　　　　　ちゅうもん き　　　　　　　　　　　　　　お
　ください。

〜按下服務鈴之後〜

A：ご注文（を）お伺いいたします。
　　ちゅうもん　　うかが

B：日替わりランチセット（を）お願いします。
　　ひ が　　　　　　　　　　　　　　　ねが

A：請問您有幾位？

B：一個人。

A：您要坐禁菸區還是吸菸區？

B：麻煩你，我要坐禁菸區。

A：這邊請。〔客人入座後〕您決定好餐點後，請按服務鈴。

〜按下服務鈴之後〜

A：我來為您點餐。

B：我要一份今日午間套餐。

外 ボタン【葡 botão】按鈕；鈕釦

外 ランチ【lunch】午餐

在牛丼店　◎ MP3 **097**

A：いらっしゃいませ。

B：牛丼大盛（つゆだくで）1つお願いします。

A：はい、かしこまりました。

A：お待たせしました。牛丼大盛です。

B：ありがとうございます。

〜用完餐後〜

B：すみません、お会計（を）お願いします。

A：歡迎光臨。

B：請給我一碗（多滷汁的）大碗牛丼。

A：好的，我知道了。

A：讓您久等了。為您送上大碗牛丼。

B：謝謝你。

〜用完餐後〜

B：不好意思。請幫我買單。

出差一點通：癮君子請自重

在日本有些餐廳目前仍有「**禁煙席**」（禁菸區）與「**喫煙席**」（吸菸區）之分。而在日本各個車站附近，都可以看見一群人乖乖地窩在「**指定喫煙所**」（指定吸菸所）吞雲吐霧。畢竟，「**歩きタバコ**」（邊走邊抽菸）是會影響他人且不道德的壞習慣喔！

✎ 索取各種收據　◎ MP3 **098**

A：すみません、領収書[※]（を）いただけますか。

B：はい、かしこまりました。お宛名はいかがなさいますか。

A：この会社名でお願いします。
　　替 この名前（這個名字）／空欄（什麼都不用寫）
　　替 上様（尊稱「顧客」的寫法）

B：但書はいかがなさいますか。

A：食事代でお願いします。
　　替 贈答品代（禮品費）

A：不好意思，可以跟您要張收據嗎？

B：好的，我知道了。抬頭您要怎麼開呢？

A：〔拿出名片〕請開這家公司的名稱。

B：備註您要怎麼寫呢？

A：請幫我寫上餐費。

※ 一般常見的收據格式如下：

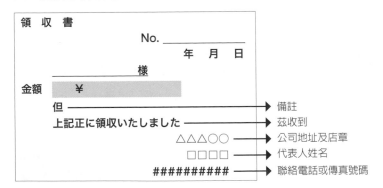

130

實戰練習題

日文解碼

	（日文假名）	（中文意思）
① 役割	_____	_____
② 給料	_____	_____
③ 要約	_____	_____
④ 提示	_____	_____
⑤ 大盛	_____	_____

實戰
③

關鍵助詞

① あの機械（　　）商品（　　）パッキングした後（　　）検査

するものです。

② 準備（　　）終わりました（　　）（　　）、商品（　　）説明します。

③ ２０１０年度（　　）比べて、２０１１年度（　　）売り上げ

（　　）上昇しました。

④ 何か契約内容（　　）分からないこと（　　）ありましたら、

おっしゃってください。

⑤ 禁煙席（　　）喫煙席どちら（　　）しますか。

① 一個小時可以生產幾噸的量？ _____

② 可以和您交換一下名片嗎？ _____

③ 請參閱您手邊的資料。 _____

④ 可以麻煩您確認一下嗎？ _____

⑤ 請幫我買單。 _____

有話直說

（請依中文提示，寫出適當的日文句子。）

① 想感謝對方今天的熱情招待時

_____

② 想問對方是否有什麼可以幫忙時

_____

③ 簡報結束後感激與會者聆聽的謝詞

_____

④ 某件事以自己的職權作不了主時

_____

⑤ 想請服務生安排禁菸區的位子時

_____

實戰 ④

實戰暖身操

❋ 字彙預習

① 即答 (そくとう)	⓪ 當場回答	② キャンペーン ③ 宣傳或促銷活動
③ 何とか (なん)	① 設法；總算	④ 余裕 (よゆう) ⓪ 充裕
⑤ プラン	① 計劃；方案	⑥ 立ち寄る (た よ) ⓪③ 靠近；順路經過
⑦ 手違い (てちが)	② 閃失；差錯	⑧ アイディア ①③ 點子
⑨ 考え (かんが)	③ 想法；看法	⑩ 心強い (こころづよ) ⑤ 放心的

❋ 句型預習

① **動詞て形＋ていただけます（敬語：謙讓語）→ません（更婉轉）＋か。**

是否能請您～？

例 先ほどの提案 (さき ていあん) について相談 (そうだん) に乗 (の) っていただけませんか。

針對先前的提案，是否能請您幫我出點主意？

② **ご／お＋漢語動詞／動詞ます形＋します→いたします**

（敬語：謙讓語）。我來～。

例 後 (のち) ほどご紹介 (しょうかい) いたします。稍後我來為您引見。

③ **ご／お＋漢語動詞＋させていただきます（敬語：謙讓語）。**

〔在別人允許的情況下〕讓我來～。

例 新商品 (しんしょうひん) についてご提案 (ていあん) させていただきます。

針對新產品，讓我來為您提案。

4-1 建議・暫緩回答

・・・・・・・・・・・・・・・・・・ 建　議 ・・・・・・・・・・・・・・・・・・

 會話實況 **live**

提出問題　◎ MP3 **099**

A：<u>ひとつ</u>※よろしいでしょうか。
　　▲ ひとこと
　　替 一言（一句話）

B：どうぞ。

A：可以請教您一個問題嗎？

B：請說。

※ 可指一個問題或一句話（意見、感想）等

確認文件內容　◎ MP3 **100**

　　　　さくじょ
A：ここは削除しても<u>いい</u>ですね。
　　　　　　　▲ だいじょうぶ
　　　　　　　替 大丈夫（沒問題）

B：そうですね。

A：這裡可以刪掉吧？

B：的確沒錯。

▷ **想請對方解釋時** ◎ MP3 **101**

A：この辺がよく分からないですね。

B：詳しく説明いたします。

A：這邊我不太清楚耶！

B：我來為您詳細解說。

▷ **你還可以這麼說** ◎ MP3 **102**

■ はい[※]！新製品のキャンペーンの件ですが…

〔舉手〕有關新產品的宣傳／促銷活動……

※ 這裡的「はい」是引起對方注意的感嘆詞

■ あくまでも個人的な意見ですが…

純屬個人意見，我認為……

■ 私 はA案がよろしいか[※]と思います。

（直譯：我想是不是Ａ方案比較好）我覺得Ａ方案比較好。

※ 加「か」形成疑問語氣，語感上較委婉。

■ 私 はB案でよろしいかと思うのですが…

我認為採用Ｂ方案就好（，但不知道各位意下如何）。

■ こちらでよろしいかと思います。

我想這樣就可以了。

■ このようになさったほうがよろしいかと思います。

我想您這樣做會比較好。

■ もう少々具体的なご説明をお願いします。

麻煩您再多提供一些具體的說明。

138

🖰 無法馬上回覆時 ◎ MP3 103

A：<u>スケジュールの調整をしなければならないので、</u>
　　▲替 それがまだはっきり決まっていない（那個還沒有明確的決定）

　　即答いたしかねます※1 **が、分かり次第**※2 **ご連絡いたします。**
　　　　　　　　　　　　　　　　▲替 決まり（決定）

B：**分かりました。では、スケジュールが決まり次第、**
　　ご連絡ください。

A：因為必須調整日程，所以現在不能立即給您回覆，但一有消息就會馬上與您
　　聯絡。

B：我知道了。那麼，日程決定好了之後，請您立刻聯絡我。

※1 動詞ます形→いたします＋かねます（難以；不便；不能）雖有否定涵義，
　　但在字面上並無使用否定形式。正因如此，「いたし<u>かねます</u>」減弱了強烈的否
　　定語氣，故比起意思相同卻是否定結尾的「でき<u>ません</u>」，較能給人委婉的感覺。

※2 動詞ます形＋次第＝～之後馬上～

🖰 你還可以這麼說 ◎ MP3 104

■ **先ほどの件ですが、一度お預かりさせていただいて、**
　弊社で再度検討させていただきたいと思います。

　關於剛剛的事情，我想暫時予以保留，之後敝公司會再次評估。

實戰 ④

■ すぐお返事できなくて申し訳ありません。

抱歉，不能馬上回覆您。

■ もう少しお時間を<u>いただけないでしょうか</u>。

替 いただいてもよろしいですか

可以請您再給我一點時間嗎？

■ いつまでにお返事を差し上げれば※よろしいですか。

在什麼時候之前給您回覆好呢？

※「差し上げる」是「与える／やる」（給予）的敬語：謙讓語

出差一點通：小心不要說錯話！

和日本客戶談生意以及與顧客接觸時，絕對要避免以下詞彙。

接続詞	でもね、それでさ	可是呢、然後啊
助詞	さ	啊
若者言葉 （年輕人用語）	とか、やっぱり、超／マジ〜	等等、果然如此、超／真〜

談話內容必須簡潔，而不經意的口頭禪也會引起反感。例如：

副詞	やはり、つまり、 とにかく、非常に	還是、說穿了、 總之、非常地
接続詞	それで、だから、ところで	然後、因此、對了
感動詞	あのー、そのー、うーん、 はいはい	那個、那個、嗯、 對啊對啊

4-2　交涉・提案・請求

•••••••••••••••••••••• 交　涉 ••••••••••••••••••••••

尋求商量　　◎ MP3 **105**

A：先ほどの問題についてご相談があるのですが…

B：はい、どのようなことですか。

A：關於剛剛的問題，我想跟您商量一下。

B：好的，是什麼樣的事情呢？

你還可以這麼說　　◎ MP3 **106**

■ 先ほどの提案について相談に乗って※いただけませんか。

　　替 相談させていただきたい※のですが、

　　　　よろしいですか（我想找您商量，方便嗎）

針對先前的提案，是否能請您幫我出點主意？

※ 上句的「相談に乗る」，是指「參與商量」，其後多了「敬語：謙讓語」，

　　則變成「相談に乗っていただけますか」（可以請您給我出點意見嗎）；

　　替換句的「相談させていただく」，則是指「請讓我與您商量」。

■ 先ほどの書類の内容について、

教えていただきたいことがあるのですが…

替 お伺いしたいことがあります。

針對稍早的文件內容，我有事情想請教您一下。

■ さっそくですが、例の件は今のところ、どうなっていますか。

▲ 替 例の件についてですが、（關於之前的那件事）

我就開門見山地說了，之前的那件事目前進展如何？

 會話實況 **live**

▷ **價格協商** ◎ MP3 **107**

A：この単価ですと、ちょっと厳しいですね。

B：ご希望額はおいくらですか。

A：５００円ではいかがでしょうか。

B：問題※ありません。

替 では、検討させていただきます（那麼，容許我方再考慮考慮）

▲ 替 少々難しいですね（有點為難）

A：這個單價，有點讓人難以接受。

B：您所希望的價格是多少？

A：500 日圓您覺得如何？

B：沒問題。

※「問題ありません」可視為一個詞彙，因此「問題」後不加「は」、「が」等助詞。

142

進一步要求 ◎ MP3 **108**

> A：そこ※を何とかよろしくお願いします。
>
> B：分かりました。前向きに検討させていただきます。

A：那部分就請您想想辦法解決了。

B：我知道了。（直譯：我會積極地考慮的）我會盡我最大的努力。

※ 有可能指的是「難以接受的訂價」等難處

你還可以這麼說 ◎ MP3 **109**

■ それでは、このような内容はいかがでしょうか。

　　嗯⋯⋯那麼，這樣的内容如何？

■ よく分かります。それでしたら、こちらのほうがよろしいのではないでしょうか。

　　我很了解（你的意思）。那樣的話，這樣是不是比較好？

　　※「否定」＋「疑問」＝肯定語氣，因此本句真正想說的是：「這樣寫比較好」。

■ 是非、おすすめしたい※1と存じます※2。いかがでしょうか。

　　我由衷地想向您推薦。您覺得如何？

　　※1 お＋動詞ます形＋します→したい：敬語：謙讓語
　　※2「存じます」是「思う」（想）和「考える」（考慮）的敬語：謙讓語

■ まだ時間がございますので、次回までにご検討くださいませ。

　　替 余裕（充裕）／時間の余裕（充裕的時間）

　　替 日にち（日子）

　　因為還有時間，請您在下次（見面）前再考慮一下。

················· 提　案 ·················

🖰 介紹產品　◎ MP3 110

> A：こちらの特長<ruby>特長<rt>とくちょう</rt></ruby>はどのような点<rt>てん</rt>にあるのでしょうか。
>
> B：そうですね※。何<rt>なん</rt>と言<rt>い</rt>っても、
> 　　**操作<rt>そうさ</rt>が簡単<rt>かんたん</rt>で覚<rt>おぼ</rt>えやすい**という点<rt>てん</rt>にございます。
>
> 　　🔺
> 　　替 多<rt>おお</rt>くの機能<rt>きのう</rt>がある（有多種功能）

A：這個產品的特長在什麼地方？

B：是這樣子的。不管怎麼說，它最主要的特長就是操作（方式）既簡單又好學。

※ 這句話其實並沒有什麼意思，可說是日本人在說話時，為了爭取一些思考時間
　　的慣用句，也可譯為「嗯……」。

🖰 你還可以這麼説　◎ MP3 111

■ **新商品<rt>しんしょうひん</rt>**についてご提案<rt>ていあん</rt>させていただきます。

　　替 イベント【event】活動

　　針對新產品，讓我來為您提案。

■ **いかがでしょうか。**

　　替 いかがでございましょうか（更正式客氣）

　　您覺得如何？

■ **ご検討<rt>けんとう</rt>ください。**

　　🔺
　　替 是非<rt>ぜひ</rt>、ご検討<rt>けんとう</rt>くださいませ（更正式客氣）

　　請您好好考慮。

請求會面　　◎ MP3 **112**

> A：一度、担当の方にご挨拶させていただけませんでしょうか。
>
> B：分かりました。では、後ほどご紹介いたします。

A：能否讓我和負責人員打一聲招呼？

B：我知道了。那麼，稍後我來為您引見。

借用資料　　◎ MP3 **113**

> A：ちょっとこの資料（を）、お借りしてもよろしいですか。
>
> B：はい、いいですよ。

A：這份資料，可以跟您借一下嗎？

B：嗯，沒問題喔！

請求翻譯　　◎ MP3 **114**

> A：夏さん、先ほどの中国語の資料を日本語に訳して
>
> 　　いただきたいんですけれども、お願いできますか。
>
> B：はい、もちろんです。是非やらせてください。

A：夏先生／小姐，剛才的中文資料，我想請您翻成日文，可以拜託您嗎？

B：嗯，當然好。請務必讓我來做。

■ ちょっと資料を見ていただけませんか。

可否請您看一下資料？

■ 見積もり（書）を出していただけませんでしょうか。

可否請您提出報價（單）？

■ もう一度チェックしていただきたいんですが…

請您再次確認。

外 チェック【check】確認

■ もう一度検討していただけませんでしょうか。

可否請您再次評估？

■ 具体的な数字を挙げてご説明をいただきたいと思います。

替 具体例（實際的例子）

我想請您舉出實際的數字來說明。

※ 由以上例句，我們可以發現兩個相似的句型：

句型	(さ) せていただけませんでしょうか 動詞（使役）	ていただけませんでしょうか 動詞（て形）
中譯	〔自己的動作〕可否讓我～？	〔對方的動作〕可否請您～？
涵義	徵求對自己動作的許可	向對方提出請求

4-3 贊成・附議

・・・・・・・・・・・・・・・ 贊 成 ・・・・・・・・・・・・・・・

你可以這麼說 ◎ MP3 **116**

■ **いいですね。**

很不錯喔！

■ **いいんじゃないでしょうか。**

（直譯：不是很好嗎）很好啊！

■ **なるほど。**

原來如此 / 你說的是。

■ **ええ、そうですね。**

嗯，你說的對。

■ **確かにそうですね。**

確實如此呢。

■ **おっしゃる通りです。**

替 でございます（敬語：丁寧語）

嗯，您說的是。

■ **ごもっともでございます。**

您說得非常有道理。

■ **はい、分かりました。**

替 <u>かしこまりました</u>（更正式客氣）

替 承知いたしました（最正式客氣）

〔表示同意接受委託〕好的。我知道了。

表示同意 1　◎ MP3 **117**

> A： 私 はこちらの意見がよろしいかと思いますが、
>
> いかがでしょうか。
>
> B： 私 もその意見に賛成です。

A：我認為這個意見不錯，（各位覺得）如何呢？

B：我也贊成那個意見。

表示同意 2　◎ MP3 **118**

> A：高木さんは佐藤さんのご意見について、どう思いますか。
>
> 替 思われます
>
> （敬語：尊敬語）
>
> B：はい、 私 は佐藤さんのご意見に賛成です。

A：針對佐藤先生 / 小姐的高見，高木先生 / 小姐有什麼想法嗎？

B：是的，我贊成佐藤先生 / 小姐的高見。

你可以這麼說　◎ MP3 **119**

■ 石川<ruby>石川<rt>いしかわ</rt></ruby>さんと<ruby>同<rt>おな</rt></ruby>じ<ruby>考<rt>かんが</rt></ruby>えです。

　　　　　　　　　　▲
　　　　　　　　替 <ruby>意見<rt>い けん</rt></ruby>（意見）

我和石川先生／小姐看法一致。

■ <ruby>以前<rt>い ぜん</rt></ruby>からそう<ruby>考<rt>かんが</rt></ruby>えていました。

　　　　　　　　　　　▲
　　　　　　　替 <ruby>思<rt>おも</rt></ruby>って（認為）

我從以前就有這樣的想法了。

■ <ruby>私<rt>わたくし</rt></ruby>の<ruby>考<rt>かんが</rt></ruby>えは<ruby>彼<rt>かれ</rt></ruby>の（<ruby>考<rt>かんが</rt></ruby>え）に<ruby>近<rt>ちか</rt></ruby>いです。

我的想法和他的相近。

■ <ruby>私<rt>わたくし</rt></ruby>どもも<ruby>基本的<rt>き ほんてき</rt></ruby>には<ruby>同<rt>おな</rt></ruby>じ<ruby>考<rt>かんが</rt></ruby>えです。

基本上我們也是抱持著相同的看法。

■ <ruby>今回<rt>こんかい</rt></ruby>のプランにつきまして、

　　<ruby>私<rt>わたくし</rt></ruby>はより（<ruby>一層<rt>いっそう</rt></ruby>）<ruby>慎重<rt>しんちょう</rt></ruby>に<ruby>進<rt>すす</rt></ruby>めるべきだ※と<ruby>思<rt>おも</rt></ruby>います。

　　　替 もっと

關於本次的案子，我認為應該要更謹慎地進行才是。

外 プラン【plan】計劃；方案

※ 動詞原形＋べきだ＝應該～

■ こちらの<ruby>企画<rt>き かく</rt></ruby>には<ruby>賛成<rt>さんせい</rt></ruby>ですが、※ <ruby>今<rt>いま</rt></ruby>ご<ruby>説明<rt>せつめい</rt></ruby>していただいた<ruby>内容<rt>ないよう</rt></ruby>に

ついては、<ruby>無理<rt>む り</rt></ruby>があると<ruby>考<rt>かんが</rt></ruby>えております。

這個企劃我贊成是贊成，但針對方才您所解釋的內容，我認為有點強人所難。

※ 先附和對方再提出我方不同的意見，較能使商談順利進行。

實
戰
④

A：素晴（すば）らしいですね。

B：ありがとうございます。では、この件（けん）について話（はなし）を進（すす）めましょう。

替 とんでもないです※（哪裡哪裡）

A：〔這個企劃案等〕太出色了啊！

B：謝謝你。那麼，我們針對這個案子繼續談下去吧！

※「とんでもない」裡的「ない」同「だらしない」（邋遢）和「みっともない」（不像樣），屬於形容詞的一部分，所以不能替換成表示客氣的「ございません」。但是，「とんでもございません」或「とんでもありません」等「非傳統語法」的說法仍常聽得到，不過有些人會覺得是錯誤表現而感到排斥。

■ とてもいいですね。

▲替 最高（さいこう）（非常好）／見事（みごと）（精采的；成功的）

很不錯喔！

■ いい質問（しつもん）ですね。

替 アイディア【idea】（點子）／視点（してん）（觀點）

好問題啊／問得好啊！

■ さすが西田（にしだ）さんですね。

▲替 部長（ぶちょう）（部長）

不愧是西田先生／小姐啊（，真有兩把刷子）！

■ さすがですね。たいしたものですよ。

真有你的。真是了不起啊！

4-4 委婉表達異議・反對

········· **委婉表達異議** ·········

👆 **你可以這麼説** ◎ MP3 **122**

■ **それはそうかもしれませんが…**

話或許是可以那樣說，不過…

■ **大島さんの意見もごもっともですが…**

替 おっしゃることも確かなん（說的也是沒錯）

大島先生 / 小姐的意見也有他的道理，不過…

········· **反　對** ·········

👆 **你可以這麼説** ◎ MP3 **123**

■ **なかなか厳しいですねぇ。**

替 かなり

替 正直、（坦白說）

這相當地難以接受耶！

■ **いたしかねます。**

替 分かりかねます（很難了解）

恕難奉命。

■ **これはちょっと難しいんじゃないでしょうか。**

（直譯：這個在執行上有點困難，不是嗎？）這個在執行上有點困難。

🖱 緩衝語句　◎ MP3 **124**

◎「**クッション**言葉」（緩衝語句）是什麼意思呢？我們把字拆開來解釋，
　　クッション【cushion】＝坐墊、靠墊等；言葉＝話語，也就是具有緩
　　和語氣作用的語句。以下依不同情境列出幾種不同的常用緩衝語句，當
　　有事難以啟齒或直說恐怕會使聽者不悅時，這些話先講在前頭，就比較
　　容易讓對方接受傳達的事項，並且能避免失禮場面。

1. 傳達會讓對方感到遺憾的事情

あいにくですが、 あいにくではございますが、	江角はただ今、外出しております。
眞是不巧，	江角現在外出中。

2. 傳達會對不起對方的事情

申し訳ございませんが、	明日は別の予定が入っております。
眞是抱歉，	明天已經排了別的行程。

3. 有事情請教或拜託對方時

恐れ入りますが、 恐縮ですが、 申し訳ございませんが、	中居課長はいらっしゃいますか。 明日、お休みをいただいてもよろしいでしょうか。 3分ほどお時間をいただけないでしょうか。
不好意思，	中居課長在嗎？ 明天我可以休假嗎？ 可以耽誤您三分鐘左右的時間嗎？

4. 不知道對方的名字時

しつれい 失礼ですが、	なまえ　うかが お名前を伺ってもよろしいでしょうか。
真是失禮，	我可以請教您貴姓大名嗎？

5. 增加對方的工作量時

てすう お手数ですが、 てすう　か お手数をお掛けしますが、 めいわく　か ご迷惑をお掛けしますが、	でんわ お電話いただけますでしょうか。 きにゅう　ねが ご記入をお願いいたします。 くらしなさま　つた 倉科様にもよろしくお伝えください。
不好意思要麻煩您（，）	可以打 / 回電話給我嗎？ 填寫。 幫我也向倉科先生 / 小姐問候一聲。

6. 向長官陳述相左的意見時

ことば　かえ お言葉を返すようですが、	わたくし　　いけん　　さんせい 私 は※その意見には賛成できません。
恕我直言，	我無法贊成那個意見。 ※ 助詞「は」與否定形式「できません」相互呼應，使得「その意見」成為焦點。

7. 想向對方確認自己是否可以這麼做時

さ　つか お差し支えなければ、 さ　つか お差し支えないようでしたら、 よろしければ、	わたくし　でんごん　うけたまわ 私 が伝言を 承 りますが、 よろしいでしょうか。
如果您方便的話，	由我來轉達留言，可以嗎？

實戰
④

8. 拒絕對方的好意時

せっかくですが、	この後、立ち寄る予定がありますので、 失礼いたします。
十分感激您的好意，	但之後還有順道拜訪的行程，所以先告辭了。

◎〔雙重緩衝語句〕比方說，在簡報前發現資料不夠而想請對方影印時：

■ 申し訳ございませんが[※]、資料が人数分用意できていないので、
恐れ入りますが[※]、あと４枚コピーして（きて）いただいても
よろしいでしょうか。

不好意思，我資料準備得不夠發給現場的與會者，所以想麻煩您，可以請您再
幫我影印四張過來好嗎？

外 コピー【copy】影印

※ 用「申し訳ございませんが」表示資料不足的歉意；
　用「恐れ入りますが」表示麻煩他人的心情。

出差一點通：說文解字背單字

上頁中「承ります」的假名還真長，背這種單字可說是一件苦差事。
讓我們追根究底，用語源來記憶這個單字吧！

「承ります」源於「受け賜る」，是「受け」＋「賜る」的綜合體。

上述「受け」指「接受」；「賜る」指「もらう」的**敬語：謙讓語**，
而現今「承ります」則為「引き受ける」（接受）的**敬語：謙讓語**。

4-5 致謝・道歉

···························· 致 謝 ····························

▷ 簡報前詢問器材的操作方式　◎ MP3 **125**

> A：すみません、これの使い方※が分からないのですが…
>
> 　　替 これ、どうやって使うのですか。（這個該如何使用）
>
> 　　　　替 どのように
>
> B：ここを押してください。
>
> A：分かりました。ありがとうございます。

A：不好意思，我不知道這個怎麼用。

B：請按這裡。

A：我知道了。謝謝你。

※ 動詞ます形＋方＝～法

▷ 各種情況表達謝意　◎ MP3 **126**

■ 恐れ入ります。※

　▲
　替 恐縮です

不好意思。

※ 用「歉意」來表達「謝意」

■ ご丁寧に、ありがとうございます。

替 ました

〔如對方仔細地為自己解釋時〕謝謝您的細心。

■ 先日※はお土産を頂戴し、ありがとうございました。

前些日子收了您的伴手禮，謝謝您。

※「先日」是「この間」的正式說法

■ さっそくお返事をいただき、ありがとうございました。

謝謝您迅速的回覆。

■ いつも気に掛けていただいて、大変感謝しております。

〔如對方寄賀年卡過來或打電話來慰問等〕非常感謝您平日的關心。

■ ご配慮いただきまして、ありがとうございます。

替 お時間を割いて（撥出時間）

〔如對方提供了有利的資料等〕謝謝您的關照。

■ 芦田さんのお陰で、大変助かりました。

多虧有蘆田先生／小姐的幫忙，讓我度過了難關。

■ とても参考になります※。ありがとうございます。

（您的建議）是很棒的參考。謝謝您。

※ 本句使用的是「なります」（現在式），表示當下聽取了對方所給的建議；
　 若已根據對方的建議做了修改等動作，則可換成「なりました」（過去式）。

▷ 回應致謝　◎ MP3 127

■ いえいえ、とんでもないです。

哪裡哪裡，只是一點小事。

■ 気^きにしないでください。

請別放在心上。

■ たいした[※]ことではありませんよ。

不是什麼大事啦！

※「たいした」置於名詞前，指「非常的、了不起的」之意。

■ 喜^{よろこ}んでいただけて嬉^{うれ}しいです。

　　　　　　　　　▲
　　　　　　　　　替 光栄^{こうえい}（光榮）

只要您開心，我也很高興。

■ そう言^いっていただけるとありがたいです。

　　　　　　　　　　▲
　　　　　　　　　　替 心強^{こころづよ}い（放心的）

聽您這麼說，我很感謝。

出差一點通：過去式與現在式

「ありがとうございます」和「ありがとうございました」同樣都是「感謝」之意，究竟其中有何差異？我們用下面這個句子來說明吧！

◎ MP3 **184**

■ お時間^{じかん}を割^さいていただき、ありがとうございます。

　　　　　　　　　　　　　　　▲
　　　　　　　　　　　　　　　替 ありがとうございました

　謝謝您撥出時間給我。

上句是「現在式」，指動作的「恆常狀態」。自己每次前來拜訪時，對方每次都撥冗會面；替換句是「過去式」，指動作的「結束」。自己這次前來拜訪時，對方撥冗會面了，但不見得下次還會再碰面。

當企劃案出了紕漏時　◎ MP3 **128**

> A：今回（こんかい）のプロジェクトについてご迷惑（めいわく）をお掛（か）けいたしまして、
> 申（もう）し訳（わけ）ないです。
>
> 替 ありません
>
> B：大丈夫（だいじょうぶ）ですよ。

A：關於這次的企劃案，給您添了麻煩，非常抱歉。

B：沒關係喔！

外 プロジェクト【project】企劃案；開發案

當申請書出了差錯時　◎ MP3 **129**

> A：今回（こんかい）の申請書（しんせいしょ）の件（けん）ですが、
> こちらの手違（てちが）い※で、　　　　　　お手数（てすう）をお掛（か）けいたしました。
>
> 替 ミス【miss】過錯　　　替 ご面倒（めんどう）（麻煩）
>
> B：今回（こんかい）の件（けん）については何（なん）とか対処（たいしょ）できましたが、次回（じかい）からは
> 気（き）を付（つ）けてください。

A：關於這次的申請書，因為我這邊出了差錯，而讓您費心了。

B：針對這次的事件，雖然最後總算能應付過去，不過下次請你小心行事。

※「手違（てちが）い」：如順序弄錯、安排有誤等

☞ **你還可以這麼說** ◎ MP3 **130**

■ **今後、このようなことがないよう（に）気を付けます。**

▲ 替 **注意を徹底いたします**

（徹底留意）

今後，我會小心不讓這樣的事情再度發生。

■ **心からお詫びいたします。**

〔如犯下造成對方損失等重大過錯時〕我由衷地向您表示歉意。

■ **この度は弊社の商品でお客様にご迷惑をお掛けいたしまして、誠に申し訳ございません。**

〔面對客訴的道歉〕此次敝公司的產品造成您的困擾，我們實在感到非常抱歉。

■ **この度はお約束した納期に商品をお届けすることができず、大変申し訳ございません。**

〔因貨品遲交對廠商道歉〕此次未能於之前與您承諾的交貨期內將貨品送達，我們感到十分抱歉。

出差一點通：不同程度的道歉

工作上不慎出了差錯時，誠實地道歉是首務之急。原則上，商務場合中應盡量避免說「**ごめんなさい**」，而應選用較正式的「**すみません**」或「**申し訳ありません**」等。

實戰練習題

❀ 日文解碼

	（日文假名）	（中文意思）
① 削除		
② 書類		
③ 見事		
④ 迷惑		
⑤ 対処		

❀ 關鍵助詞

① 私（わたくし）（ ）Ｂ案（あん）（ ）よろしいか（ ）思（おも）うのですが…

② こちら（ ）特長（とくちょう）（ ）どのような点（てん）（ ）あるの

　でしょうか。

③ こちらの手違（てちが）い（ ）、お手数（てすう）（ ）お掛（か）けいたしました。

④ 私（わたくし）（ ）伝言（でんごん）（ ）承（うけたまわ）ります（ ）、よろしいでしょうか。

⑤ 次回（じかい）から（ ）気（き）（ ）付（つ）けてください。

❋ 即席翻譯

① 我想這樣就可以了。 _____

② 請您好好考慮。 _____

③ 我無法贊成那個意見。 _____

④ 謝謝您的細心。 _____

⑤ 請別放在心上。 _____

❋ 有話直說

（請依中文提示，寫出適當的日文句子。）

① 想為對方深入解說時

_____

② 想請對方看一下資料時

_____

③ 當對方提出了一個好問題時

_____

④ 要打擾某個正在談話的同事時

_____

⑤ 感謝對方前些日子送來的伴手禮時

_____

實戰
④

實戰 5

實戰暖身操

字彙預習

①	花見 _{はなみ}	③ 賞花	②	冷え込む _{ひ こ}	⓪③ 氣溫驟降
③	熱中症 _{ねっちゅうしょう}	⓪ 中暑	④	ジョギング	⓪ 慢跑
⑤	思い出 _{おも で}	⓪ 回憶	⑥	ファン	① 歌迷；影迷；球迷
⑦	足元 _{あしもと}	③ 腳下；身邊	⑧	好き嫌い _{す きら}	②③（口味的）喜惡
⑨	ツアー	① 旅行團	⑩	雰囲気 _{ふん い き}	③ 氣氛

句型預習

① **動詞原形＋らしい（助動詞）。** 聽說～。

例 台風が近づいて（い）るらしいですよ。 聽說颱風要來了喔！
_{たいふう ちか}

② **滅多に＋動詞否定形。** 幾乎不～。

例 普段、スポーツは滅多にしません。 我平常不怎麼運動。
_{ふ だん めった}

③ **動詞た形＋ことがありますか。**〔詢問經驗〕你曾～過嗎？

例 海外旅行に行ったことがありますか。 你曾到國外旅遊過嗎？
_{かいがいりょこう い}

④ **しか（副助詞）～ない。**〔帶有無能為力或別無他法的遺憾心情〕只～。

例 海外旅行は香港（に）しか行ったことがありません。
_{かいがいりょこう ホンコン い}

國外旅行我只有去過香港。

5-1　聊天氣與通勤

・・・・・・・・・・・・・・ 聊 天 氣 ・・・・・・・・・・・・・・

 會話實況 live

▷ 春　◎ MP3 **131**

A：少し暖かくなりましたね。

B：そうですね。お花見しましたか。

A：【肯定】はい、しました。

　　【否定】いえ、まだしていません。

　　　　　　替 まだです（還沒）

　　　　　　替 これから（接下來要去）

A：天氣稍稍變得暖和了耶！

B：對呀！去賞花了嗎？

A：【肯定】嗯，我去了。

　　【否定】不，我還沒去。

 出差一點通：花粉症

每到春天就有為數不少的日本人深受「花粉症」之苦，因此各種「花粉対策」因應而生。像是最基本的留意「花粉カレンダー」【calendar】（花粉飛散量月曆）、外出佩戴「マスク」【mask】（口罩）等，更進一步地也有人施打「予防接種」（過敏預防針）。所以春季出差時看到日本同事戴口罩出現時，不妨詢問一聲：「花粉症ですか」（是花粉症嗎），最後再加一句：「お大事に」（請多多保重），讓對方感受到我們的關心。

實戰 5

＊夏　◎ MP3 **132**

A：最近暑いですね。<u>熱中症にならないでください。</u>

　　替 夏バテ※に注意してください

　　替 しないでください

　　（小心別因熱過頭而身體不適）

B：ありがとうございます。

A：最近真熱啊！別中暑了。

B：謝謝你。

※「夏バテ」是指在炎熱的夏天裡，因過熱的天氣而導致食欲不振、全身無力、
　思緒遲鈍等症狀。也可寫成「夏ばて」。

＊秋　◎ MP3 **133**

A：ここ※1 最近、<u>ずっと雨ですね。</u>

　　替 雨ばっかり※2 ですね

　　替 寒くなりましたね（變冷了）

B：そうですね。

A：風邪が流行って（い）るみたいですね。二瓶さんは大丈夫
　ですか。

B：そうですね。【肯定】大丈夫ですよ。

　　　　　　　【否定】風邪を引いて（い）ますよ。

166

A：最近老是下雨呢。

B：對啊！

A：（直譯：感冒好像正在流行）好像很多人感冒了耶！二瓶先生／小姐還好嗎？

B：對啊！【肯定】我還好喔！

　　　　【否定】我感冒了耶！

※1「ここ」是指以現在爲中心的前後時間

※2「ばっかり」這個詞因爲包含促音而成了通俗口語，並且給人「程度提高」的
　　感覺。若本句用的是：

　　「ばかり」＝感覺下了三四天的雨；「ばっかり」＝感覺下了一週。

　　另以「とても」爲例：

　　「とても綺麗」＝很漂亮；「とっても綺麗」＝美若天仙。

▷ 冬　◎ MP3 **134**

A：雪が降っていますので、　　帰りはお気を付けてください。

　　替 まだあります（還有）　　替 お帰りの時は（更客氣）

　　替 積もっています（積著）　替 足元に（腳步）

B：ありがとうございます。

A：現在在飄雪，回家時要小心。

B：謝謝你。

▷ 你還可以這麼説　◎ MP3 **135**

■ 今日は 暖かいですね。

　　替 暑い（熱）／寒い（冷）

　　替 そんなに寒くない（沒那麼冷）

今天真暖和耶！

■ **天気、良くなりましたね。**

　　　　替 からっと晴れましたね（變成晴空萬里的好天氣了耶）

天氣變好了。

■ **すごい雨ですね。**

　　　　替 風（風）／雪（雪）

好大的雨啊！

■ **台風が近づいて（い）るらしい※ですよ。**

聽說颱風要來了喔！

※ 動詞原形＋らしい（助動詞）＝聽說～

■ **雨が降りそうです※ね。**

好像要下雨的樣子耶！

※ 動詞ます形＋そうです（樣態助動詞）＝（看起來）好像～的樣子

■ **今夜から冷え込むみたい※ですよ。**

好像從今晚開始氣溫會驟降喔！

※ 動詞原形＋みたいだ（助動詞）＝（看起來）好像～

很多人對助動詞「そうだ」、「ようだ・みたいだ」、「らしい」分不清楚吧？

我們可以藉由上句中的情境，來了解各個助動詞的使用時機：

1. 今夜から冷え込み<u>そう</u>ですよ。

　摸摸身上的雞皮疙瘩 →單純自我的感覺、判斷或觀察

2. 今夜から冷え込む<u>よう</u>です（口語：<u>みたい</u>です）よ。

　早上看了氣象預報＋身上的雞皮疙瘩 →外來的資訊＋自我的感覺

3. 今夜から冷え込む<u>らしい</u>ですよ。

　早上看了氣象預報或透過別人的轉述 →完全是外來的資訊

通勤時間　◎ MP3 **136**

A：武藤さんはお住まいはどちらですか。

B：東京の東村山です。

A：会社まで電車でどのぐらい（の時間が）<u>かかりますか</u>。

　　　　　　　　　　　　　　　　　　　　　　替 ですか

B：1時間半ぐらいです。

A：結構遠いですね。

A：武藤先生／小姐現在住在哪裡？

B：東京的東村山。

A：搭電車到公司要花多久時間？

B：一個半小時左右。

A：還蠻遠的耶！

出差一點通：通勤二三事 1

在日本，通常公司薪資中都包含「**交通費**」（交通津貼），因此才會有人即使工作離家遠，也寧願選擇在郊區租屋以節省房租費。以東京來說，從郊區搭電車到市區上班，花一兩個小時是稀鬆平常的事。有時碰到電車因「**人身事故**」（乘客臥軌自殺或不小心跌落月台等意外）或「**車両点検**」（車輛檢查）而誤點，更加長了通勤的時間。

A：お住まいは駅のすぐ近くですか。

B：【肯定】はい、歩いて４分ぐらいです。

　　　　　　　替 自転車で（騎自行車）

　　【否定】いえ、ちょっと遠いです。

　　　　　　　替 そんなに近くない（沒那麼近）

A：最寄り駅からここまで一本 ※ ですか。

B：【肯定】はい。

　　【否定】いえ、中央線で西国分寺まで行って、武蔵野線に
　　　　　　乗り換えます。

A：您住的地方就在車站旁邊嗎？

B：【肯定】對，走路四分鐘左右。

　　【否定】不，（離得）有點遠。

A：從最近的車站到這裡，一班電車就能到嗎？

B：【肯定】對。

　　【否定】不，（要先）搭中央線到西國分寺，（再）轉乘武藏野線。

※ 像筆、領帶等細長物品，以及電車、電影、節目等的「助数詞」（量詞）都是

　「本」。而書籍、筆記本等的量詞則為「冊」。

「本」的讀法：

ぽん	1本、6本、8本、10本
ほん	2本、4本、5本、7本、9本
ぼん	3本、何本

170

▷ 通勤方式　◎ MP3 138

> A：指原さんはどちらにお住まいですか。
>
> B：ここの近くです。
>
> A：毎朝、歩いて来られる※のですか。
>
> B：【肯定】はい、そうです。
>
> 　　【否定】いえ、自転車です。

A：指原先生／小姐，您住在哪裡？

B：這兒附近。

A：您每天早上走路來（上班）嗎？

B：【肯定】對，沒錯。

　　【否定】不，我騎自行車來。

※「来られる」＝「来る」＋「られる」（表尊敬的助動詞）

出差一點通：通勤二三事 2

日本有不少的「**鉄道マニア**」【mania】（鐵道迷），對車型及時刻表等十分有研究。在電車月台上，經常可以看到他們在拍攝列車的身影。甚至池袋也設有鐵道專科學校！所以，和日本客戶、同事們聊聊通勤狀況，也許能意外地打開話匣子喔！

5-2 聊休閒運動

會話實況 live

學生時期 ◎ MP3 **139**

> A：学生時代※はどんなスポーツをしていましたか。
> 替 運動
>
> B：バスケをしていました。
> 替 サッカー【soccer】足球／バトミントン【badminton】羽毛球

A：學生時代你從事什麼樣的運動？

B：我那個時候都打籃球。

外 スポーツ【sports】運動

外 バスケ（原：バスケットボール）【basketball】籃球

※ 因爲不知道對方是否有唸過大學，所以與其說「大学時代」（大學時期），改用「学生時代」（學生時期）詢問會比較保險。

目前狀況 ◎ MP3 **140**

> A：何かスポーツをしていますか。
> B：そうですね。卓球をしています。

A：你有沒有在做什麼運動？

B：這個嘛，我有在打桌球。

運動的喜好　◎ MP3 **141**

> A：どんなスポーツが好きなんですか。
>
> B：そうですね。<u>ゴルフ</u>とか、野球とか。
>
> 替 テニス【tennis】網球

A：你喜歡什麼樣的運動？

B：這個嘛……像高爾夫球啦、棒球啦。

外 ゴルフ【golf】高爾夫球

棒球 1　◎ MP3 **142**

> A：五十嵐さん、野球<u>見ますか</u>。
>
> 替 見ていますか（平時在看嗎）
>
> B：【肯定】はい、見ますよ。【否定】いえ、見ません。

A：五十嵐先生 / 小姐，你看棒球嗎？

B：【肯定】嗯，我有看喔！　【否定】不，我不看。

棒球 2　◎ MP3 **143**

> A：野球観戦（を）しますか。
>
> B：はい。週末、西武ドームへ試合を見に行きます。

A：你會去看棒球比賽嗎？

B：會啊！我週末都會去西武巨蛋球場看比賽。

外 ドーム【dome】巨蛋

A：健康のため、ジョギングとかしていますか。

B：【肯定】はい、しています。

　　【否定】いえ、していません。

A：どこで走っていますか。

B：<u>家の周り</u>です。
　　替 近所

A：どのぐらいの<u>時間</u>、走りますか。
　　　　　　　　替 距離（距離）

B：<u>1時間</u>ぐらいです。
　　替 ３キロ（三公里）

A：為了健康著想，你有在慢跑什麼的嗎？

B：【肯定】嗯，我有。

　　【否定】不，我沒有。

A：你都在哪裡跑？

B：家裡附近。

A：跑多久？

B：一個鐘頭左右。

外 ジョギング【jogging】慢跑

外 キロ（原：キロメートル）【法 kilomètre】公里

■ 時々山登りをします。
とき どき やま のぼ

　替 たまに（偶爾）

　有時會去爬山。

■ スポーツは水泳をします。
　　　　　　　すい えい

　運動方面，我會去游泳。

■ 普段、スポーツは滅多にしません。
ふ だん　　　　　　　めった

　我平常不怎麼運動。

■ どの選手が好きですか。
　　　せん しゅ　す

　你喜歡哪位選手？

■ 誰のファンですか。
だれ

　你是誰的球迷／你支持誰？

　外 ファン【fan】球迷；影迷；歌迷；支持者

■ ダイエット（の関係）でスポーツをしています。
　　　　　　　　かん けい

　我是因為要減重（的關係）才在運動。

　外 ダイエット【diet】減重

■ 大学時代、サッカーに夢中でした。
だい がく じ だい　　　　　　　む ちゅう

　　　　　　　　　　　替 夢中になって（い）ました
　　　　　　　　　　　　　む ちゅう

　　　　　　　　　　　替 熱中して
　　　　　　　　　　　　　ねっ ちゅう

　讀大學的時候，我很熱衷踢足球。

■ ジムへ行っていますか。
　　　　い

　平時會上健身房嗎？

　外 ジム【gym】健身房

實戰 ❺

5-3 聊旅行經驗

▷ 國內旅行　◎ MP3 **146**

> A：宇田川さん、国内でどこかへ遊びに行きましたか。
>
> B：はい、行きました。北海道と沖縄へ遊びに行きました。
>
> A：北海道はいつ行きましたか。
>
> B：<u>大学４年（生）</u>※の時に行きました。
>
> 　▲
> 　替 高校の卒業旅行（高中的畢業旅行）
>
> A：何が一番の思い出ですか。
>
> B：そうですね。食べ物が美味しかったです。

A：宇田川先生／小姐，在國內有沒有去什麼地方玩過？

B：有，我去過。我去北海道及沖繩玩過。

A：北海道是什麼時候去的？

B：大四時去的。

A：最難忘的回憶是什麼？

B：嗯〜（那裡的）食物很好吃。

※ 關於「大學〜年級的學生」的說法，

　關東地方：「〜年生」；關西地方：「〜回生」。

國外旅行 ◎ MP3 **147**

A：輪千さんは海外旅行に行ったことがありますか。

B：はい、あります。

A：どこですか。

B：シンガポール、タイ、アメリカ、あと台湾です。

A：台湾はどうでしたか。

B：とても楽しかったですよ。

A：誰と一緒に行きましたか。

　　替 ツアーですか（跟團嗎）

　　　替 個人旅行（自助旅行）

B：一人で行きました。

A：台湾にどのぐらいいましたか。

B：3泊4日 ※ です。

A：輪千先生 / 小姐曾到國外旅遊過嗎？

B：嗯，有。

A：哪裡？

B：新加坡、泰國、美國，還有台灣。

A：台灣（玩得）怎麼樣？

B：很好玩喔！

A：和誰一起去？

B：我一個人去的。

A：在台灣待了多久？

B：四天三夜。

外 シンガポール【Singapore】新加坡

外 タイ【Thai】泰國

外 アメリカ【America】美國

外 ツアー【tour】旅行團

※「3泊4日」跟台灣「四天三夜」的詞序恰好相反。其他天數的說法如下：
さんぱくよっか

にはくみっか　よんはくいつか　ごはくむいか　ろっぱくなのか　ひがえ
2泊3日、4泊5日、5泊6日、6泊7日、日帰り（當日來回）

台灣旅遊　◎ MP3 **148**

> A：比留間さん、台湾に行ったことがありますか。
> ひるま　　　　　　たいわん　い
>
> B：【肯定】はい、3回あります。
> 　　　　　　　　　かい
> 　　【否定】いえ、ありません。

A：比留間先生 / 小姐，你去過台灣嗎？

B：【肯定】嗯，去過三次。

　　【否定】不，我沒去過。

出差一點通：日本的連續假期

許多日本人會趁「**連休**」（連假）出國玩，而其中最具代表的連假有：
れんきゅう

■「**お正月**」（新年）：12 月 31 日～ 1 月 3 日
しょうがつ

■「**ゴールデンウィーク**」【和 golden ＋ week】

　（黃金週，簡稱 GW）：4 月底到 5 月初

■「**お盆休み**」（日本的清明假期）：8 月中旬
ぼんやす

詢問團費　◎ MP3 **149**

A：ツアーでいくらでしたか。

B：だいたい１０万円ちょっとでした。
　　まんえん

　　替 強（超過，約 11、12 萬）
　　　きょう

　　替 弱（不到，約 8、9 萬）
　　　じゃく

A：當時跟團去要多少錢？

B：差不多十萬日圓出頭。

詢問飲食　◎ MP3 **150**

A：旅行の食事はどうでしたか。
　　りょこう　しょくじ

B：【肯定】とても美味しかったです。
　　　　　　　　おい

　　【否定】あまり口に合いませんでした。
　　　　　　　　くち　あ

A：旅行時吃得怎麼樣？

B：【肯定】好吃極了。

　　【否定】不太合我的胃口。

詢問朋友　◎ MP3 **151**

A：向こうに友達とかいますか。
　　む　　　ともだち

B：【肯定】（はい、）います。【否定】（いいえ、）いません。

A：那邊有朋友什麼的嗎？

B：【肯定】（嗯，）有。【否定】（不，）沒有。

■ <ruby>海外旅行<rt>かいがいりょこう</rt></ruby>は<ruby>香港<rt>ホンコン</rt></ruby>だけです。

　　　　　　　　　　　替 （に）しか<ruby>行<rt>い</rt></ruby>ったことがありません※（只去過）

國外旅行我只有去過香港。

※ 句型「しか～ない」：只有～

■ <ruby>印象深<rt>いんしょうぶか</rt></ruby>い<ruby>国<rt>くに</rt></ruby>はどこですか。

印象最深的是哪一個國家？

■ <ruby>今度<rt>こんど</rt></ruby>はどこに<ruby>行<rt>い</rt></ruby>きたいですか。

　替 <ruby>次回<rt>じかい</rt></ruby>　　　替 <ruby>旅行<rt>りょこう</rt></ruby>※に<ruby>行<rt>い</rt></ruby>きますか（去旅行）

　　　　　　　　　　替 <ruby>旅<rt>たび</rt></ruby>※をしたいですか（想去流浪）

下次想要去哪裡？

※「旅行」是有目的的旅遊；「旅」雖然也是旅行，但是帶有走一步、算一步的意味，譯成「流浪」時，給人較輕鬆、說笑的感覺。

■ <ruby>次回<rt>じかい</rt></ruby>はヨーロッパに<ruby>行<rt>い</rt></ruby>ってみたいと<ruby>思<rt>おも</rt></ruby>います。

　　　　　替 ニューヨーク【New York】紐約

　　　　　替 グアム【Guam】關島

　　　　　替 ハワイ【Hawaii】夏威夷

　　　　　替 ソウル【Seoul】首爾

下一次我想去歐洲走走。

外 ヨーロッパ【葡 Europa】歐洲

■ <ruby>韓国<rt>かんこく</rt></ruby>でどこか<ruby>楽<rt>たの</rt></ruby>しいところを<ruby>知<rt>し</rt></ruby>って（い）ますか。

你知道韓國有沒有什麼好玩的地方？

5-4 聊美酒佳餚

 **會話實況 live**

▷ **應酬邀約** ◎ MP3 **153**

> A：施さん、今晩、ご飯（でも）食べに行きませんか。
>
> B：【肯定】はい、行きましょう。
>
> 【否定】申し訳ありませんが、この後、
>
> （あいにく）先約がありまして、
>
> ご一緒できないんです。申し訳ございません。

A：施先生／小姐，今晚要不要一起去吃（個）飯？

B：【肯定】嗯，我們一起去吧！

【否定】很抱歉，（真是不巧）稍後我已有約，所以不能和您一起（去用餐）。
非常抱歉。

出差一點通：善意的謊言

若是基於私人理由（例如和朋友有約、想去購物等）而不想去應酬的
話，切忌對客戶等商業夥伴明白直言，以免給人「私事比公事重要」
的不良印象。這時你可以這麼說： ◎ MP3 **184**

「今日は外せない用があるので、本当に申し訳ないです。」

（今天有事不得不去，真是抱歉。）

⮡ 婉拒邀約　◎ MP3 **154**

■ お誘_{さそ}いありがとうございます。

感謝您的邀請。

※ 為了不辜負對方的好意，不管去不去，一定要先說這句。

■ お気_き持_もちだけはありがたく頂戴_{ちょうだい}いたします。

（直譯：您的心意令人感謝，我收下了。）就您難能可貴的心意，我心領了。

■ 伺_{うかが}いたいのは山々_{やまやま}※1なんですが、どうしても抜_ぬけられない※2用事_{ようじ}がありまして…

我非常想去，但是因為有無論如何都無法脫身的事情……

※1 副詞「山々_{やまやま}」帶有「事與願違」之語感

※2 句型「どうしても～ない」：無論如何也不～

■ 今回_{こんかい}は遠慮_{えんりょ}させていただきます。

這次要向您婉拒了。

■ せっかくお誘_{さそ}いいただいたのに、申_{もう}し訳_{わけ}ございません。

您特地邀約卻辜負您的好意，非常抱歉。

⮡ 接受邀約　◎ MP3 **155**

■ ありがとうございます。それではお言葉_{ことば}に甘_{あま}えさせていただきます。

替 ご一緒_{いっしょ}させていただきます（讓我和您一起）

替 喜_{よろこ}んで参加_{さんか}させて（樂意參加）

替 お供_{とも}（陪同您）

謝謝您。那就恭敬不如從命了。

■ お招きいただきまして、ありがとうございます。

感謝您的邀約。

■ このような機会を頂戴し、ありがとうございます。

我就接受了這樣（難得）的機會，謝謝您。

會話實況 **live**

▷ 事先決定餐廳　◎ MP3 **156**

A：何が食べたいですか。

B：お任せします。

A：你想吃什麼？

B：就交給你（決定）。

▷ 碰面之後　◎ MP3 **157**

A：お疲れ様です。

B：お疲れ様です。

A：お店に行きましょうか。

B：お願いします。

A：工作辛苦了。

B：工作辛苦了。

A：我們過去店裡吧，好嗎？

B：麻煩您（帶路）了。

> A：何^{なに}を飲^のみますか。
>
> B：<u>生中</u>^{なまちゅう}※でいいです。
>
> 替 ビール【荷 bier】啤酒
>
> 替 サワー【sour】沙瓦（蘇打果汁調酒）
>
> 替 カクテル【cocktail】雞尾酒
>
> 替 チューハイ【酎^{ちゅう}ハイ】燒酒加汽水的調酒
>
> 替 ハイボール【highball】威士忌加汽水的調酒
>
> 替 ソフトドリンク【soft drink】不含酒精的飲料（可樂等）

A：你要喝什麼？

B：我要中杯的生啤酒。

※「生中^{なまちゅう}」＝生^{なま}ビールの中^{ちゅう}ジョッキ。因為中杯是最多人點的，而有了「生中^{なまちゅう}」這種慣用說法。

外 ジョッキ【源 jug】附把手的啤酒杯

出差一點通：居酒屋聚餐習慣

在日本，去「**居酒屋**^{いざかや}」聚餐的話，與會成員們一坐下來都會先點飲料，並且不約而同地都點啤酒。而有些不喝啤酒的人，也會等到大家乾完杯後，下一杯再點自己喜歡喝的東西。

喝酒應酬開場白 1　　◎ MP3 **159**

> A：普段、お酒を飲んでいますか。
>
> B１：よく飲んでいます。
>
> > 替 たまに（偶爾）
>
> B２：全然飲んでいません※１。
>
> > 替 飲みません※２（完全不喝）

A：平時會喝點小酒嗎？

B1：我常喝。

B2：我平常都沒在喝酒。

※1 可推測出對方「喜歡喝卻沒時間」或「根本不喝酒」

※2 可了解對方是因個人習慣等而滴酒不沾

喝酒應酬開場白 2　　◎ MP3 **160**

> A：最近、飲みに行っていますか。
>
> B：【肯定】はい、行っていますよ。
>
> 　　【否定】いえ、忙しいので、行っていませんよ。

A：最近有去喝（酒）嗎？

B：【肯定】嗯，有去喔！

　　【否定】不，因為很忙，所以都沒去呢！

喝酒應酬開場白 3　◎ MP3 161

> A：よくどこで飲^のみますか。
>
> B：会社^{かいしゃ}の近^{ちか}くの居酒屋^{いざかや}が多^{おお}いです。
>
> A：どのくらいのペースで行^いきますか。
>
> B：週^{しゅう}に３回^{かい}ぐらいです。

A：你常去哪裡喝（酒）？

B：公司附近的居酒屋比較多。

A：（直譯：多常去呢）去的頻率高嗎？

B：一星期三次左右。

外 ペース【pace】速度；步調

聊酒量 1　◎ MP3 162

> A：綾瀬^{あやせ}さん、<u>お酒^{さけ}（は）強^{つよ}いですか</u>。
>
> 　　替 行^いける口^{くち}（很能喝）
>
> B：【肯定】はい、強^{つよ}いですよ。
>
> 　　【否定】いえ、強^{つよ}くないです。
>
> 　　　　替 弱^{よわ}いです（很差）
>
> 　　　　替 まあまあです（普通）
>
> 　　　　替 あんまり飲^のめません（不太能喝）

A：綾瀬先生 / 小姐，你酒量好嗎？

B：【肯定】嗯，還不錯喔！

　　【否定】不，不好。

A：どんなお酒が好きですか。

B：**ワイン**が好きです。

　　替 日本酒（日本酒）／泡盛（泡盛酒：以米為原料的蒸餾酒）／
　　　焼酎（燒酒）

A：普段どれぐらい飲みますか。

B：**二杯** ※1 ぐらい飲みます。

　　替 日本酒なら一合 ※2（日本酒的話一合）

A：你喜歡什麼酒？

B：我喜歡紅酒。

A：平常都喝多少？

B：差不多會喝個兩杯。

外 ワイン【wine】葡萄酒；紅酒

※1「杯數」的讀法：

杯	ぱい	1杯、6杯、8杯、10杯
		いっぱい　ろっぱい　はっぱい　じゅっぱい
	はい	2杯、4杯、5杯、7杯、9杯
		にはい　よんはい　ごはい　ななはい　きゅうはい
	ばい	3杯、何杯
		さんばい　なんばい

※2「合」是容量的單位，約 180cc。

出差一點通：日式乾杯隨意就好

日語中的「**乾杯**」只要量力而為就行了，不必像在台灣一樣全部喝完。

詢問對方是否有抽菸　◎ MP3 **164**

A：たばこ（は）吸_すわれます[※]か。

B：【肯定】はい、吸_すいます。

　　【否定】い（い）え、吸_すいません。

A：您抽菸嗎？

B：【肯定】嗯，我抽菸。

　　【否定】不，我不抽菸。

※ 五段動詞＋助動詞（ら）れます＝敬語：尊敬語

遞菸灰缸　◎ MP3 **165**

A：どうぞ、こちら[※]をご利用_{りよう}ください。

B：ありがとうございます。

A：這個請您拿去用。

B：謝謝你。

※「こちら」指菸灰缸

看菜單　◎ MP3 **166**

A：何_{なに}がいいですか。

B：これが良_よさそうですね。

　　　醬 にします（選這個）

A：吃什麼好呢？

B：這個看起來很好吃耶！

188

▷ 了解喜好　◎ MP3 **167**

> A：好き嫌いがありますか。
>
> B：辛い物は食べません。
>
> 　替　生物（生食）／揚げ物（炸物）／お肉（肉）

A：有什麼喜歡吃，或是有什麼不吃的嗎？

B：我不吃辣。

▷ 關於納豆　◎ MP3 **168**

> A：納豆（は）、食べられますか。
>
> B：【肯定】はい、食べられます。
>
> 　　　【否定】いえ、食べられません。

A：納豆，你敢吃嗎？

B：【肯定】嗯，我敢吃。

　　【否定】不，我不敢吃。

▷ 關於馬肉　◎ MP3 **169**

> A：馬刺しはどうですか。
>
> B：【肯定】はい、いいですよ。【否定】あっ、ちょっと…※

A：生的馬肉如何？

B：【肯定】嗯，好啊！　【否定】啊，有點……

※ 像這樣不用把話說完，對方就能接收到「不敢吃」的訊息。

🖱 酒足飯飽後　◎ MP3 **170**

> A：そろそろ、お腹（は）[※]いっぱいになりましたか。
>
> B：そうですね。

A：（直譯：差不多肚子都吃飽了吧）吃得差不多了吧？

B：是啊！

※ 單獨「腹」一個漢字唸成「はら」。在此因為前有「お」，故讀「なか」。

🖱 關心菜色是否喜歡　◎ MP3 **171**

> A：お口に合いましたか。
>
> 　替 お腹（は）、いっぱいになりましたか（吃飽了嗎）
>
> B：美味しかったです。
>
> 　替 いっぱいになりました（我吃飽了）

A：還合您的胃口嗎？

B：（料理）很好吃。

🖱 受到招待後　◎ MP3 **172**

> A：ご馳走になりまして、本当にありがとうございました。
>
> 　替 ご馳走様でした。
>
> B：いえいえ。

A：讓您破費了，真的很感謝。

B：沒有沒有。

190

你還可以這麼說　◎ MP3 **173**

■ このお店（は）、込んでいますね。
　　　　　　　　　　　　　替 人気がありますね（很受歡迎耶）

（直譯：這家店真擠耶）這家店生意真好耶！

■ ここの雰囲気は落ち着きますね。

這裡的氣氛讓人很放鬆呢！

■ これはたれを付けて食べますか。
　　　　　　　　　　替 そのまま（直接）

這個要沾醬吃嗎？

■ 取り皿（を）いただけますか。
　　替 醤油皿（裝醬油的小碟子）／お箸（筷子）／お冷（冰水）／
　　灰皿（菸灰缸）／おたま（盛湯用的大湯匙）

您可以給我小盤子嗎？

■ まだ何か注文しますか。
　　　　　　　替 食べますか（吃點什麼嗎）

要再加點嗎？

出差一點通：甜品胃

日語有一句話說：「デザートは別腹です」◎ MP3 **184**　，意思是
「甜點還有另外一個胃可以裝」。就算吃得很飽、很撐，看到冰淇淋、
蛋糕等甜品時，還是會抵擋不住誘惑呢！

■ **日本酒一合、おちょこ2つ※でお願いします。**
ニ ほんしゅ いちごう　　　　　　　　ふた　　　　　　　　　　　　ねが

請給我一合日本酒，酒杯兩個。

※「物品個數」的特殊讀法：

	一個	兩個	三個	四個	五個
	ひと 1つ	ふた 2つ	みっ 3つ	よっ 4つ	いつ 5つ
六個	七個	八個	九個	十個	幾個
むっ 6つ	なな 7つ	やっ 8つ	ここの 9つ	と　お 10	いくつ

■ **もう一杯飲みませんか。**
　　いっぱい の

　　替 いきませんか

要不要再喝一杯？

■ **今日は飲み過ぎました※。**
　きょう　　の　す

我今天喝多了。

※ 動詞ます形＋過ぎます→ました：過於～
　　　　　　　　す

■ **頭がふらふらしてきました。**
　あたま

　　替 始めました
　　　　はじ

我的頭已經開始暈了。

 出差一點通：酒過三巡之後

應酬場合中最令人討厭及害怕的舉動應該不外乎就是「**セクハラ**」（原：セクシュアルハラスメント）【sexual harassment】性騷擾了吧！此外，「**パワハラ**」【和 power + harassment】，濫用職權所帶來的騷擾也是許多上班族的惡夢。

■ お手洗い[※]に行ってきます。

替 トイレ（原：トイレット）【toilet】廁所

我去一下洗手間。

※ 這種說法比較優雅

■ 今度、台湾で飲みましょう。

下次我們在台灣喝吧！

■ 今度、台湾に出張しますか。

替 いつ来ますか（什麼時候會來）

下次會到台灣出差嗎？

出差一點通：「杯子」，你拿對了嗎？

在日本，不同飲料的杯子各有不同的說法，常常讓人搞不清楚。透過以下的整理，相信大家就會恍然大悟喔！

カップ【cup】	喝咖啡、吃冰淇淋、做菜時用的杯子 ◎マグカップ【和 mug＋cup】馬克杯
コップ【荷 kop】	裝水或果汁等圓筒狀的杯子，多爲玻璃製。 ◎紙コップ【荷 kop】（紙杯）
グラス【glass】	玻璃杯 ◎ワイングラス【wineglass】葡萄酒高腳杯
ジョッキ【源 jug】	啤酒杯（附把手的大玻璃杯）
おちょこ	喝日本酒用的酒杯
ゆのみ	（原：湯呑み茶碗）裝熱茶用的小碗

5-5 聊故鄉特色

 會話實況 live

▷ **您是哪裡人 1** ◎ MP3 **174**

A：榎本さんはどちらのご出身ですか。

　　▲替 のご出身はどちら

　　　　▲替 ご実家／出身地／故郷／ふるさと

B：新潟です。

A：新潟のどこですか。

B：長岡です。

A：長岡って※ 何が有名ですか。

B：花火が有名なんですよ。

A：榎本先生／小姐您是哪裡人？

B：新潟。

A：新潟的哪裡？

B：長岡。

A：長岡以什麼聞名？

B：煙火很出名喔！

※「って」是「は」的口語說法

您是哪裡人 2　◎ MP3 175

> A：松尾さんは茨城の方ですか。
>
> B：【肯定】はい、そうです。【否定】いえ、埼玉です。
>
> A：生まれも育ちも茨城ですか。
>
> B：【肯定】はい、そうです。
>
> 　　【否定】いえ、生まれは茨城ですが、育ちは大阪です。
> 　　　　　　▲ 替 生まれたの　　　　　▲ 替 育ったの

A：松尾先生 / 小姐是茨城人嗎？

B：【肯定】對，我是。　【否定】不，是埼玉（人）。

A：土生土長於茨城嗎？

B：【肯定】對，我是。

　　【否定】不，我在茨城出生，但在大阪長大。

出差一點通：好人緣的溝通技巧

讚美可說是人際關係的潤滑劑，你可以這麼說：◎ MP3 184

■ 何でもご存知ですね。您真是無所不知啊！

而要回應稱讚時，你可以這麼說：

■ ありがとうございます。謝謝您。

　もったいないお言葉です。真不敢當。

若被問到較私密的事而不想公開時，你可以這麼說：

■ ご想像にお任せします。任君想像。

實戰
5

🖱 自己被反問到對日本的印象時　◎ MP3 **176**

A：日本はどうですか。

B１：お店の人は親切で礼儀正しいです。

B２：どこに行っても綺麗です。

B３：屋台が少ないです。

B４：朝の通勤ラッシュは大変込んでいます。

B５：バスと電車の時間が正確です。

B６：物価が高いです。

B７：楽しいところがいっぱいあります。

　　替 面白い（有趣的）

A：（直譯：日本如何）來到日本後感想如何？

B1：店裡的人都很親切、有禮。

B2：不論去到哪裡都很乾淨。

B3：攤販很少。

B4：早上的尖峰時段（電車）非常擁擠。

B5：公車和電車的時間很精準。

B6：物價很高。

B7：有很多好玩的地方

外 ラッシュ（原：ラッシュアワー）【rush hour】尖峰時段

※ 以上七種回答的句末都可以加上助詞「ね」，表示談話時並不是唯我一人在唱獨角戲，亦顧慮到對方聆聽的心情，讓彼此之間的互動能更緊密。

進一步聊到自己的成長背景 ◎ MP3 **177**

■ 大学に入ってからずっと台北に住んでいます。

上大學之後就一直住在台北。

■ もともとは桃園に住んでいました。

我原本住在桃園。

■ 3年前に彰化から引越してきました。

三年前我從彰化搬了過來。

■ 台中には5歳までいました。

我五歲以前都住台中。

■ 一時期、台南にいたことがあります。

替 幼い頃（年幼時）

我有一段時間待過台南。

■ 私の故郷は高雄です。

（直譯：我的故郷是高雄）我是高雄人。

■ 私は新竹にある大学に通っていました。

我以前在新竹讀大學。

出差一點通：台灣地名，邊走邊記！

（北部出發→）基隆、新北市（往中部走→）苗栗、雲林、南投（往南部走→）嘉義、屏東（往東部走→）宜蘭、花蓮、台東（再飛離島→）澎湖、金門、馬祖

◎ MP3 **184**

實戰練習題

✽ 日文解碼

	（日文假名）	（中文意思）
① 卒業旅行	_____	_____
② 普段	_____	_____
③ 灰皿	_____	_____
④ 試合	_____	_____
⑤ 出身地	_____	_____

✽ 關鍵助詞

① お帰り（　　）時（　　）お気（　　）付けてください。

② 国内（　　）どこ（　　）へ遊び（　　）行きましたか。

③ 榎本さん（　　）どちら（　　）ご出身ですか。

④ バス（　　）電車の時間（　　）正確です。

⑤ 生まれ（　　）茨城です（　　）、育ち（　　）大阪です。

① 小心別感冒了。 _____

② 你喜歡什麼樣的運動？ _____

③ 那就恭敬不如從命了。 _____

④ 還合您的胃口嗎？ _____

⑤ 感謝您的邀約。 _____

※ **有話直說**

（請依中文提示，寫出適當的日文句子。）

① 在點菜時想交由對方決定時

_____

② 受到款待後應要說的謝詞是

_____

③ 想關心對方喜歡喝什麼酒時

_____

④ 因為婉拒對方邀約而道歉時

_____

⑤ 詢問對方下次何時來台灣時

_____

實戰 ❺

番外篇 接待來台出差的日本同事

前面介紹了許多必備好用句和不可不知的日系職場常識，各位下次赴日出差時必能派上用場！反之，假如日本同事或廠商代表等來台灣出差，你是否能當個稱職的東道主？本篇以台灣舉世聞名的觀光景點——夜市為會話場景，教你輕鬆用日語接待來客！

提出邀約　◎ MP3 **178**

A：廣瀬さん、台湾の夜市（を）^{※1}、知って（い）ますか^{※2}。

B：<u>知らない</u>です。
　　▲替 分からない

A：私が<u>連れて行きましょうか</u>。
　　▲替 案内しましょうか（當嚮導吧，好嗎）

B：じゃあ、お言葉に甘えてお願いします。どこの夜市ですか。

A：士林というところにある夜市です。

B：面白そうですね。

A：廣瀬先生／小姐，你知道台灣的夜市嗎？

B：我不知道。

A：我帶你去吧，好嗎？

B：那就客隨主便，麻煩你了。是哪個夜市？

A：位於士林的夜市。

B：好像很好玩的樣子耶！

※1 除了「夜市 (よいち)」外，也有「ナイトマーケット」【night market】的說法。

※2 對日籍上司或初次見面的日本人，都應使用敬語說法；與對方若是認識許久、
　　年紀相近的熟稔關係，僅使用「です・ます」型也無妨。

☞ 約定會面　◎ MP3 **179**

> A：いつ<u>連れて行って</u>くれますか。
> 　　　　（つ）（い）
> 　　**替** 案内して（帶路）
> 　　　　（あんない）
>
> B：今晩でよろしいですか。
> 　　（こんばん）
>
> A：じゃあ、今晩<u>にしましょう</u>。何時ですか。
> 　　　　（こんばん）　　　　　　　　（なんじ）
> 　　**替** 行きましょう（一起去吧）
> 　　　　（い）
>
> B：6時でよろしいですか。
> 　　（じ）
>
> A：じゃあ、6時にここで待ち合わせしましょう。
> 　　　　　　（じ）　　　　　（ま あ）
>
> B：はい、分かりました。
> 　　　　　（わ）

A：什麼時候要帶我去？

B：就今天晚上好嗎？

A：那就約今晚吧！幾點呢？

B：六點好嗎？

A：那我們六點就在這裡碰面吧！

B：好的，我知道了。

搭乘捷運前往　◎ MP3 **180**

A：これから、ＭＲＴに乗って台北駅で乗り換えて、この駅で
降ります。切符を買ってきますから、待って（い）てください。

B：悪い※1ですよ。自分で買いますから※2。

A：じゃあ、切符の買い方を教えますから、買いに行きましょう。

A：等一下搭捷運到台北車站轉車之後，〔手指著路線圖〕在這一站下車。我去買
車票，請等我一下。

B：（這樣）不好啦！我自己來買吧！

A：那麼，我教你車票的買法，我們一起去買吧！

※1 通常是指「不好；壞」，但這裡是指「（對台灣的同事感到）不好意思」。

※2 通常表示「理由或原因」，但此處爲「強烈的主張」之義。

小籠包　◎ MP3 **181**

A：今日も人がたくさんですね。

B：そうですね。込んで（い）ますね。

A：廣瀬さん、小籠包はいかがですか。
替 食べませんか

B：いいですよ。食べましょう。

A：今天也真多人啊！

B：對呀！真擠啊！

A：〔看到小籠包店〕廣瀬先生／小姐，（直譯：小籠包怎麼樣）要不要吃小籠包？

B：好啊！我們一起去吃吧！

實戰 ⑤

珍珠奶茶　◎ MP3 **182**

> A：これはタピオカミルクティーです。
> 　　どうぞ飲んでみてください。
>
> B：あ、ありがとうございます。

A：〔買一杯請日本同事喝〕這杯是珍珠奶茶。請喝喝看。

B：啊！謝謝你。

外 タピオカ【西・葡 tapioca】木薯澱粉，也就是製成粉圓（珍珠）的原料。

外 ミルクティー【milk tea】奶茶

臭豆腐　◎ MP3 **183**

> A：これは発酵させた豆腐です。
>
> B：揚げ豆腐ですか。
>
> A：はい、そうですね。匂いはちょっと癖※があるかもしれ
> 　　ませんが、味はとても美味しいですよ。食べてみませんか。
>
> B：なるほど。じゃあ、一緒に食べましょう。

A：這是發酵後的豆腐。

B：是炸豆腐嗎？

A：嗯，沒錯喔！（聞起來的）味道也許見人見智，但吃起來很好吃喔！要不要
　　吃吃看？

B：這樣子啊。那我們一起吃吧！

※「癖」除了「不自主的習慣」的意思外，在這裡還可指「與眾不同的特色」。以
　　臭豆腐的味道來說，喜歡的人會喜歡，而不喜歡的人可能就無法接受了。

出差一點通：台灣小吃在這裡

◎ MP3 **184**

【豬血糕】

■ これはもち米に豚の血を混ぜて蒸した屋台料理です。

這是用豬血和在糯米中蒸過之後的小吃。

【豆花】

■ これは豆腐にシロップが掛けられたようなデザートです。

這個像是在豆腐上淋上糖水的一種甜點。

> 外 シロップ【荷 siroop】糖水；糖漿

> 外 デザート【dessert】甜點

【蚵仔煎】

■ これは牡蠣のオムレツです。

這是蚵仔煎蛋。

> 外 オムレツ【法 omelette】煎蛋

【大腸麵線】

■ これは豚のモツ※とそうめんを煮込んだものです。

這是將豬腸與麵線煮爛而成的麵糊。

※ モツ：原為「臓物」，意指「牛豬雞等的內臟」。

【肉圓】

■ これはモチモチの皮にお肉がぎっしり詰まっている料理です。

這是 Q 彈外皮裹著紮實肉餡的料理。

【潤餅】

■ これは台湾風の春巻きです。

這是台灣風味的春捲。

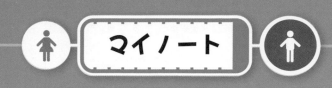

マイノート

國家圖書館出版品預行編目資料

全日語商務出差應急手冊 / 樂大維著. -- 初版. -- 臺北市：貝塔，
　2013. 07
　　面；　公分

　ISBN: 978-957-729-932-1（平裝附光碟片）

　1. 日語　2. 商業　3. 會話

803.188　　　　　　　　　　　　　　　　　　102011768

全日語商務出差應急手冊

作　　者 / 樂大維
總 編 審 / 王世和
插圖繪者 / 水　腦
執行編輯 / 游玉旻

出　　版 / 貝塔出版有限公司
地　　址 / 100 台北市館前路 12 號 11 樓
電　　話 / (02) 2314-2525
傳　　真 / (02) 2312-3535
郵　　撥 / 19493777 貝塔出版有限公司
客服專線 / (02) 2314-3535
客服信箱 / btservice@betamedia.com.tw

總 經 銷 / 時報文化出版企業股份有限公司
地　　址 / 桃園縣龜山鄉萬壽路二段 351 號
電　　話 / (02) 2306-6842

出版日期 / 2013 年 7 月初版一刷
定　　價 / 300 元
I S B N / 978-957-729-932-1

全日語商務出差應急手冊
Copyright 2013 by 樂大維
Published by Betamedia Publishing

❋ **實戰 ❶**

【日文解碼】

① 手配（てはい）　安排
② 携帯（けいたい）　手機
③ 交差点（こうさてん）　路口
④ 非常口（ひじょうぐち）　緊急出口
⑤ 恐縮（きょうしゅく）　給人添麻煩或受人恩惠後而感到不好意思

【關鍵助詞】

① の；で
② は；に
③ を；まで
④ に；は
⑤ を；で

【即席翻譯】

① お疲れ様（つかさま）です。
② 路線図（ろせんず）をください。
③ 初（はじ）めてメールを差（さ）し上（あ）げます。
④ タクシーを呼（よ）んでいただけませんか。
⑤ 神戸駅（こうべえき）までお願（ねが）いします。

【有話直說】

① ご無沙汰（ぶさた）しております。
② もう一度（いちど）お願（ねが）いします。
③ インターネットを使（つか）いたいのですが、ＬＡＮ（ラン）ケーブルはありますか。
④ 名古屋駅（なごやえき）までタクシーを１台（だい）お願（ねが）いします。
⑤ できるだけ急（いそ）いでお願（ねが）いします。

【日文解碼】

① 復唱（ふくしょう）　複誦　　② 受付（うけつけ）　櫃台

③ 名刺（めいし）　名片　　④ 応接室（おうせつしつ）　接待室

⑤ 世話（せわ）　照顧

【關鍵助詞】

① は；を　　② の；に

③ で　　④ に

⑤ を；で

【即席翻譯】

① 伝言（でんごん）をお願（ねが）いしてもよろしいですか。

② もう少々（しょうしょう）お待（ま）ちいただけませんでしょうか。

③ よろしくお願（ねが）いいたします。

④ お受（う）け取（と）りください。

⑤ またお会（あ）いできるのを楽（たの）しみにしています。

【有話直說】

① 申（もう）し上（あ）げてよろしいですか。

② お電話（でんわ）代（か）わりました。

③ 失礼（しつれい）ですが、どのようにお読（よ）みするのでしょうか。

④ 今年（ことし）もお世話（せわ）になりまして、ありがとうございます。

⑤ 後（あと）で確認（かくにん）いたします。

【日文解碼】

① 役割（やくわり）　角色；任務；作用　　② 給料（きゅうりょう）　薪水

③ 要約（ようやく）　摘要　　　　　　　　④ 提示（ていじ）　當場提出給對方看

⑤ 大盛（おおもり）　大碗

【關鍵助詞】

① は；を；に　　　　　　　　　　　② が；ので；を

③ に；は；が　　　　　　　　　　　④ で；が

⑤ と；に

【即席翻譯】

① １時間（じかん）で何（なん）トンの量（りょう）ができますか。

② 名刺交換（めいしこうかん）してもよろしいですか。

③ お手元（てもと）の資料（しりょう）をご覧（らん）ください。

④ 確認（かくにん）していただいてもよろしいですか。

⑤ お会計（かいけい）（を）お願（ねが）いします。

【有話直說】

① 本日（ほんじつ）は大変（たいへん）お世話（せわ）になりました。ありがとうございます。

② 何（なに）か手伝（てつだ）うことがありますか。

③ ご清聴（せいちょう）ありがとうございました。

④ 私（わたし）の一存（いちぞん）では、ちょっと決（き）めかねますので…

⑤ 禁煙席（きんえんせき）でお願（ねが）いします。

【日文解碼】

① 削除　　刪除
さくじょ

② 書類　　文件
しょるい

③ 見事　　出色；精彩
みごと

④ 迷惑　　麻煩；困擾
めいわく

⑤ 対処　　適當地處理
たいしょ

【關鍵助詞】

① は；で；と

② の；は；に

③ で；を

④ が；を；が

⑤ は；を

【即席翻譯】

① こちらでよろしいかと思います。
おも

② ご検討ください。
けんとう

③ 私はその意見には賛成できません。
わたくし　　　　いけん　　　さんせい

④ ご丁寧に、ありがとうございます。
ていねい

⑤ 気にしないでください。
き

【有話直說】

① 詳しく説明いたします。
くわ　　せつめい

② ちょっと資料を見ていただけませんか。
しりょう　み

③ いい質問ですね。
しつもん

④ お話の途中で失礼いたします。
はなし　と ちゅう　しつれい

⑤ 先日はお土産を頂戴し、ありがとうございました。
せんじつ　　　みやげ　ちょうだい

【日文解碼】

① 卒業旅行（そつぎょうりょこう）　畢業旅行　② 普段（ふだん）　平常

③ 灰皿（はいざら）　菸灰缸　④ 試合（しあい）　比賽

⑤ 出身地（しゅっしんち）　故鄉

【關鍵助詞】

① の；は；を　② で；か；に

③ は；の　④ と；が

⑤ は；が；は

【即席翻譯】

① 風邪（かぜ）を引（ひ）かないようにしてください。

② どんなスポーツが好（す）きなんですか。

③ それではお言葉（ことば）に甘（あま）えさせていただきます。

④ お口（くち）に合（あ）いましたか。

⑤ お招（まね）きいただきまして、ありがとうございます。

【有話直說】

① お任（まか）せします。

② ご馳走（ちそう）になりまして、本当（ほんとう）にありがとうございました。

③ どんなお酒（さけ）が好（す）きですか。

④ せっかくお誘（さそ）いいただいたのに、申（もう）し訳（わけ）ございません。

⑤ 今度（こんど）、台湾（たいわん）にいつ来（き）ますか。

喚醒你的日文語感！

請對折後釘好，直接寄回即可！

100 台北市中正區館前路12號11樓

貝塔語言出版 收
Beta Multimedia Publishing

寄件者住址 □□□

謝謝您購買本書！！

貝塔語言擁有最優良之語言學習書籍，為提供您最佳的語言學習資訊，您可填妥此
表後寄回（免貼郵票）將可不定期收到本公司最新發行書訊及活動訊息！

姓名：_____　性別：□男 □女　生日：____年____月____日

電話：(公)_____(宅)_____(手機)_____

電子信箱：_____

學歷：□高中職含以下 □專科 □大學 □研究所含以上

職業：□金融 □服務 □傳播 □製造 □資訊 □軍公教 □出版

　　　□自由 □教育 □學生 □其他

職級：□企業負責人 □高階主管 □中階主管 □職員 □專業人士

1. 您購買的書籍是？_____

2. 您從何處得知本產品？(可複選)

　　　□書店 □網路 □書展 □校園活動 □廣告信函 □他人推薦 □新聞報導 □其他

3. 您覺得本產品價格：

　　　□偏高 □合理 □偏低

4. 請問目前您每週花了多少時間學外語？

　　　□ 不到十分鐘 □ 十分鐘以上，但不到半小時 □ 半小時以上，但不到一小時

　　　□ 一小時以上，但不到兩小時 □ 兩個小時以上 □ 不一定

5. 通常在選擇語言學習書時，哪些因素是您會考慮的？

　　　□ 封面 □ 內容、實用性 □ 品牌 □ 媒體、朋友推薦 □ 價格□ 其他_____

6. 市面上您最需要的語言書種類為？（□日語　□英語）

　　　□ 聽力 □ 閱讀 □ 文法 □ 口說 □ 寫作 □ 其他_____

7. 通常您會透過何種方式選購語言學習書籍？

　　　□ 書店門市 □ 網路書店 □ 郵購 □ 直接找出版社 □ 學校或公司團購

　　　□ 其他_____

8. 給我們的建議：_____

_____

喚醒你的日文語感！

こまかい日本語のニュアンスをうまく起こさせる！

喚醒你的日文語感！

こまかい日本語のニュアンスをうまく起こさせる！